KB156313

해운대 페스티벌

세계의 휴양지
해운대의 매력에 빠지다!

HAEUNDAE
FESTIVAL

해운대 페스티벌

초판인쇄 | 2022년 5월 5일
초판발행 | 2022년 5월 10일

지 은 이 | 이향영 (Lisa Lee)
펴 낸 이 | 배재경
펴 낸 곳 | 도서출판 작가마을
등   록 | 제 2002-000012호
주   소 | 부산광역시 중구 대청로 141번길 15-1, 301호(대륙빌딩)
         서울특별시 도봉구 도당로 82(방학1동, 방학사진관 3층)
         T. 051-248-4145, 2598 **F.** 051-248-0723 **E.** seepoet@hanmail.net

ISBN 979-11-5606-194-6 03810 정가 15,000원

※ 본 도서는 2022년 부산광역시, 부산문화재단 지역문화예술특성화지원 '부산문화예술지원사업'으로 지원을 받았습니다.

해운대 페스티벌

이 향 영 시집
Lisa Lee poetry

도서출판
작가마을

명예가 없고 저에게는
부요가 없고 저에게는

하지만 저에게는
자랑하고픈 하나가 있죠

해운대가 제 자랑이고
해운대가 제 사랑이고
해운대가 제 가족이고
해운대가 제 친구이고
해운대가 제 힐링이고
해운대가 제 보물이고
해운대가 제 놀이터이고

해운대 보물섬 사랑섬에서
해운대 오존과 노래하고
해운대 파도와 춤을 출 때
저는 즐겁고 행복하답니다

2022년 봄 해운대 모래어싱하며
저자 이향영 Lisa Lee

2부 · 해운대 페스티벌 2

3부 · 해운대 페스티벌 빛 축제

해운대 페스티벌

이향영 시집

01

Haeundae
Festival

해운대 페스티벌 1

제1회 APEC 정상회의 D-150일 기념행사(2005)

해운대모래축제는 2005년 APEC 정상회의 D-150일 기념 행사로 처음 개최되었다.

백사장에서 골프장타 대회, 모래 마라톤, 비치발리볼 등 이색적인 스포츠와 함께 모래축제가 진행되었다. 해운대해수욕장을 배경으로 모래라는 독특한 소재를 활용하여 친환경 축제로 호평을 받았다.

그 후 매년 5~6월경 해운대 해수욕장에서 꾸준히 열리며 관광객들의 사랑을 받고 있다.

해운대 카니발

누리마루 에이펙하우스
유리창 너머로 보이는
바위와 소나무와 아름다운 정자

동백섬 등대가 바다를 지키고
광안대교가 평화의 가교로
아시아는 물론
전 세계의 물결이 찬란히 밀려오는

부산 해운대의 빛 축제 모래축제
부산 해운대의 세계적인 경제축제
희망의 산실에서
세계의 신흥경제가 산출될 축제

평화의 통일이 탄생할 축제
행복이 꽃피는 모래축제
경제가 성장될 카니발 축제
부산 해운대가 피워내는 축제 꽃

찬란할 경제가 세계로 번지는 축제

APEC 기념행사

해운대 모래축제가 시작되었다
아시아 태평양 정상회의 기념행사
D-150일을 앞두고 열린 축제이다

동백섬에 위치한
누리마루 에이펙하우스
현대적 건축미와
전통적 방식의 내부 구조

하늘과 바다처럼 잘 조화된 건축
그곳에서 열릴 역사적인 행사를 앞두고
열리는 첫 번째 첫사랑 축제다

푸른 바다를 배경으로
모래밭 마라톤 대회
백사장에서 치는 골프 장타
해변에서 즐기는 배구경기

모래라는 독특한 소재를 활용하여
스포츠와 함께 신나는 행사가

해운대 해수욕장에서 열려
관광객들의 사랑을 받는다

파란 하늘과 푸른 바다가
하나되어 부르는 하모니
윤슬의 날갯짓과 모래의 반짝임이
눈부시게 정겨운 해운대 백사장

사람들의 얼굴이 은빛 미소 가득하다
사랑의 파도가 모래밭을 누빈다
축제를 즐기는 사람들
행복이 몸과 마음으로 가득하다
해운대의 신나는 페스티벌~~~

동백섬 고운 최치원 선생 동상 앞에서
– 바다의 구름이 된 최치원

해운대 모래사장 서쪽 끝에 동백섬이 있고
정상에 고운 최치원 선생의 동상이 있다

그는 12살의 어린 나이에 당나라로
유학을 갔고 18세의 나이에 빈공과에 급제하였다
그의 아버지는 먼 이국 땅을 향해 떠나는 아들에게
"10년 동안 과거에 합격하지 못하면 내 아들이라 하지
마라
부디 부지런히 공부하거라" 하며 격려하였다고 한다

화자는 미국에서 43년을 지내고 고향으로 돌아와
동백섬에 올라서 처음으로
고운 최치원 선생 동상을 만남으로 알게 되었다

성인의 나이에 공부하기도 힘든 타국에서
그 어린나이에 공부를 했고, 선생은 29세에
고국인 신라로 돌아와 시독侍讀이 되었고
그 후 여러 고을의 태수太守로 전전하는 동안
역사에 남을 많은 명문名文과 명시名詩를 남겼다

선생은 40세에 벼슬을 버리고
방랑의 몸이 되어 전국 여러 곳을 다녔다
마지막에는 처자妻子를 이끌고 아산牙山
합천陜川으로 들어갔다
그 후 갓과 신을 숲속에 남긴 채 선생이 가신 곳은
아무도 모른다고 전해진다

아, 얼마나 외로웠으면 호를 고운孤雲!
외롭게 떠도는 구름이고
바다의 구름이라 지었을까

그는 바다의 구름이 되었고
그는 자유로운 구름이 되었고

화자는 최치원 선생 동상 앞에서
그곳에서 더는 외롭지 않으시기를 깊은
묵념을 한 뒤 하늘을 올려다보았다

고운 송이송이 구름 가족이 함께 모여
이 땅에서 다하지 못한 가족의 사랑

〉

구름 꽃 피우며 자유로운 꽃구름이 되고
윤슬이 빛나는 자유로운 바다가 되고
바다와 하늘을 정답게 누비는 구름처럼
최치원 선생의 영혼 영원히 자유하리라

선생이 작명해준 이름 해운대海雲臺
해운대는 아름답게 영원히 발전하리라

최치원 동상

동백섬에서

동백섬에서 운동을 한다
10여 년 가까운 세월
해운대 구민의 건강을 위해
무료봉사하는 마스터 덕분으로

쪼잔한 내 가슴을 펴면
무성한 숲의 동백섬이 들어오고
끝이 없는 하늘이 들어오고
넓은 바다도 내 안으로 들어온다

수평선 지나 멀리 떠나는
크루즈에 내 마음 실어
자유로운 세상을 누리고
내 몸의 세포들은 춤추며 일어난다

산과 바다와 하늘 아래서
청정한 공기로 숨 쉬며 운동 하니
밴댕이 속이었던 온갖 질환이
회복되어 우주를 품고 즐긴다

하늘 공기를 호흡하고
바다 공기를 호흡하고
파도는 몸속 염증을 씻어주고
동백섬은 병원보다 더 많은
치유를 감당해 준다

동백섬에 모여 운동하는
새벽의 스트레칭은
하루를 감사한 마음으로 열어준다

제2회 모래로 열리는 예술제(2006)

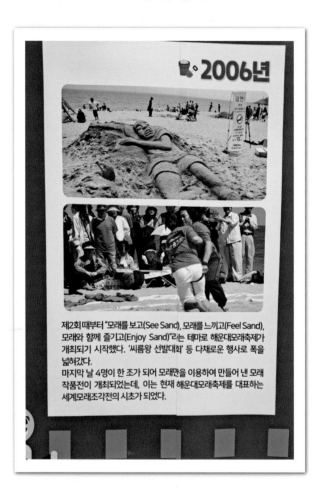

제2회 때부터 "모래를 보고(See Sand), 모래를 느끼고(Feel Sand), 모래와 함께 즐기고(Enjoy Sand)"라는 테마로 해운대모래축제가 개최되기 시작했다. '씨름왕 선발대회' 등 다채로운 행사로 폭을 넓혀갔다.

마지막 날 4명이 한 조가 되어 모래만을 이용하여 만들어 낸 모래 작품전이 개최되었는데, 이는 현재 해운대모래축제를 대표하는 세계모래조각전의 시초가 되었다.

테마로 즐거운 모래밭

모래를 보고, See Sand
모래를 느끼고, Feel Sand
모래와 함께 즐기는, Enjoy Sand

테마로 이어지는
해운대 모래축제 두 번째 해이다
씨름왕 선발대회
다채롭고 재미난 행사들

사람이 모래밭에 누워
하늘에 오르는 꿈을 꾸는
선탠하는 형상의 모래조각
세계모래조각전의 시초가 된 해운대

조각은 꿈을 품어 잠들고
사람은 꿈을 꾸며 잠든다
꿈을 이뤄가는 해운대 모래전시회
꿈을 실현시킬 해운대 백사장 축제
모래밭에 꿈의 파도가 출렁이는 빛 축제

하늘 모래밭에 푸른 꿈이 펄럭인다

금연

아직 늦지 않았습니다
It's never too late to stop smoking

지금 담배를 끊는다면
더 오래 건강하고 행복한
삶을 살 수 있습니다

– 해운대구 보건소

모래사장에 세워진 금연 팻말
선탠 하며 바라보는 조각상
그의 입술이 일그러져있다
지나는 이방인의 입술도 실룩였다

아마도 금연은 곤란한 표정

하지만
금연해야 나도 살고
당신도 건강히 살아요
우리 함께 금연을 합시다

〉
담배연기보다 더 상큼한
바다의 공기를 깊이 호흡해요
나와 그대의 폐가 고맙다고
파도처럼 춤을 추겠죠

It's never too late too stop smoking

여성 씨름대회

여성의 파워가 센 시대다
누가 감히 여성을 무시하랴
누가 감히 어머니를 무시하랴
감상하는 남성도 박수치며 응원한다

어머니, 참 장하다는 응원의 박수소리
바다를 날고 하늘을 오른다

씨름 장사는 당연코 부산 출신 씨름왕

여성의 파워는 세상을 지킨다
엄마의 파워는 지구를 지킨다
여성의 파워는 사회를 지킨다
여성의 파워는 나라를 지킨다
엄마의 파워는 우리를 지킨다

꽃과 조각

모래밭에는 사람이 꽃이다
그대도 꽃이고 나도 꽃이다

모래밭에는 조각이 사람이다
그대도 조각이고 나도 조각이다

우리는 해운대 모래밭의 꽃이다
우리는 해운대 모래밭의 조각이다

우리는 우리가 자랑이다
우리는 우리가 사랑이다

제3회 모래축제의 위상(2007)

개최 3년 만에 관광객 100만 명이 방문하여 관광 비수기인 6월에 해운대해수욕장을 단순히 여름철 휴양지의 개념에서 벗어나도록 결정적인 공헌을 했다는 평이다.

심각해지는 백사장 모래 유실에 대한 관심과 해수욕장 보존 의식을 고취하기 위해 학술 포럼을 개최, 모래 축제의 위상을 한 단계 높였으며 해운대해수욕장 금연구역 지정에 따른 금연클리닉 홍보관을 별도로 운영하기도 하였다.

페스티벌

축제는 즐거운 것
해운대가 선물한 기쁨
삶은 축제의 위상

해마다 기다려지는 축제
축제가 있어
일이 의미 있고
삶이 힘들지 않고

일상의 활력소가 되는
아름다운 책장을
그림일기로 그려가는
해운대 페스티벌~~

해운대 해수욕장

해운대 모래축제 개최 3년이 됐다
관광객 100만 명이 방문하여
비수기인 6월에 해수욕장을 단순히
여름철 휴양지의 개념에서
완전히 벗어나게 된 큰 동기가 되었다

백사장 모래 유실과
해수욕장 보존을 위한
학술포럼 개최를 통해
모래축제의 위상을 한층 높였다

해운대 해수욕장 금연 캠페인은
홍보관을 운영하여 금연클리닉으로
관광객의 건강을 지키기도 한다

청정 햇살에 미소 꽃 피는 모래사장
청정 파도에 웃음꽃 터진 모래축제

바다와 모래가 지켜주는 건강
바다와 모래가 함께 하는 기쁨

해운대가 만들어 주는 특별한 이벤트
행복이 사랑으로 꽃피는 계절이다

금연 2

지금도 늦지 않았습니다
It's never too late to stop smoking

당장 담배를 끊는다면
더 오래 살고 즐거운
삶을 살 수 있습니다

-해운대구 보건소

올해도 변함없이
모래밭에 세워진
키다리 캠페인 거인
모래조각의 눈동자가
당장 금연 하라는 듯
매서운 눈초리로 타이른다

내 건강은 내가 지키고
네 건강은 네가 지키고

금연은 우리의 건강을 지키고

금연은 우리의 지구를 지키고

금연은 우리의 사회를 지키고

금연은 우리의 국민을 지킨다

It's never too late to stop smoking

거북 사랑

모래사장에 복덩이
거북이 탄생했네요

여러분이 함께 만든 작품
여러분의 사랑으로 거북은
꿈틀꿈틀 움직이려 하네요

여러분의 숨결이 거북을 살리고
거북은 바다로 갈 꿈을 꾸네요

거북은 가족 찾아 사랑 찾아
떠나고 싶어 하네요

사랑을 창조하는 모래사장
바다의 사랑은 거북을 기다리고

돌아갈 집이 있는 모래밭 거북이
오늘도 내일도 행복을 꿈꾸네

해운대 해수욕장

제4회 해운대 해수욕장 백사장 복원(2008)

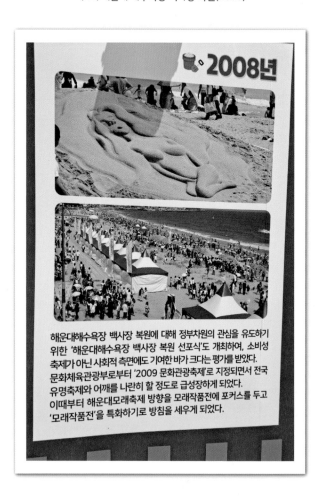

해운대해수욕장 백사장 복원에 대해 정부차원의 관심을 유도하기 위한 '해운대해수욕장 백사장 복원 선포식'도 개최하여, 소비성 축제가 아닌 사회적 측면에도 기여한 바가 크다는 평가를 받았다. 문화체육관광부로부터 '2009 문화관광축제'로 지정되면서 전국 유명축제와 어깨를 나란히 할 정도로 급성장하게 되었다. 이때부터 해운대모래축제 방향을 모래작품전에 포커스를 두고 '모래작품전'을 특화하기로 방침을 세우게 되었다.

백사장 메시지

해운대 백사장의 모래가 유실되고 있다
해수욕장 복원 선포식이
개최되었던 자랑스러운 한 해

소비성 축제가 아닌
사회적 기여에 대한 공로가 크다는
찬사와 평가도 받았다

2009년부터 문화관광축제로
지정되면서 전국 유명축제와 어깨를
나란히 할 정도로 인정도 받게 되었다

모래축제의 지향을 두고
모래작품전의 포커스를 두고
열정과 사랑을 다해
발전시켜 나가기로 한 해운대구청

푸른 바다가 춤추는 모래축제전
파란 하늘이 박수 치는 축하메시지
바다 하늘 모래 셋이 하모니가 되어
신나게 즐거운 해운대의 모래축제~~

푸른 자유

6월 비수기 해수욕장은
한여름 성수기처럼 붐빈다

사람들은 부드러운 모래로
성을 쌓고 성주가 된 것처럼
온몸으로 축제를 즐긴다

모래를 만지는 손길들
파도처럼 춤추고
마음도 구름처럼 흘러흘러
평화롭게 펄럭인다

모래밭에는 꿈이 자란다
모래밭에는 자유가 푸르다

너와 내가 꿈이 되고
너와 내가 자유가 되고
우리는 비상하는 꿈의 날개

복원된 해수욕장

모래밭에서 논다
구름 위에서 논다
바다 위에서 논다
하늘 품에서 논다

잘 복원된 모래밭
해운대 해수욕장
마음 벗고 놀 수 있다
마음 벗고
춤, 출, 수, 있다

유혹

모래 조각상이 섹시하다

벌려진 입술이
바다와 하늘을
유혹하는 속삭임이다

파도가 밀려와
그녀를 데려갈 것 같다

하늘이 비를 내려
그녀가
하늘 품으로
돌아갈 것 같은

수명이 짧아 더
아름다운 유혹이여

누드 조각상이 섹시하다
모래 조각상이 유혹한다

곡선미에 빠져드는
피하고 싶지 않는 유혹이다

피그말리온 효과로
누드 조각상과 사랑에 빠지고 싶다
모래의 신이 생명을 불어넣을 것이다

제5회 월드 모래조각전 콘테스트(2009)

국내외 유명 샌드아티스트 4명을 초청 모래조각전, 이색모래조각 콘테스트 등 모래조각전을 '모래축제'의 대표 프로그램으로 내세워 국내 어디에서도 볼 수 없는 웅장한 모래조각의 세계를 선보이기 시작했다. 특히, '해운대 모래축제'의 독창성과 대외적 위상을 강화하기 위해 축제명칭에 대한 특허청 상표등록을 추진하여 '해운대모래축제' 고유 브랜드가 탄생하게 되었다. 축제 운영시간도 밤10시까지 연장하여 야간 포토존을 운영하기 시작하였다.

핵전쟁 반대

유명 샌드아티스트 4명을 초청
모래조각전과
모래조각 콘테스트를 열고
모래조각전을 모래축제의
하이라이트로 구성한 프로그램이다

'해운대 모래축제'
고유 브랜드로 탄생된
이름에 걸맞게
해운대, 모래조각전은
그 독창성이 독보적이다

올해 최고의 조각전
모델이 된 인물은 누구일까?

모래조각 으뜸은 역시
'핵전쟁 반대'이다

어느 나라 작가인가?
인도에서 온 초청작가

Sadarsan Pattnaik의
'핵전쟁 반대'가
올해 영광스런 작품에 뽑혔다

인도에서 평화를 가장
사랑한 사람은 누굴까?
마하트마 간디?
라빈드라나트 타고르?

모래조각상 모델은
아주 긴 수염을 한 사람이다
간디는 아니다
'기탄잘리' 시집으로
아시아 최초 노벨문학상을 받은

'핵전쟁 반대'의 모델은
인도 국민시인
세계적인 시인
라빈드라나트 타고르 였다

모래조각전에 모델이 된
주인공은 누구일까
찾아내는 열정은
희열이 아닐 수 없었다

해운대 모래조각의 수상작 주인공
타고르 시인을 만난 행운은
큰 기쁨이었다^^

타고르의 시 '신께 바치는 노래' 와 '기도'를
다시 찾아 읽게 되었다. 두 편의 시 중 한 편을 선택해서 올린다.

'기도' 중에서

위험으로부터 벗어나게 해달라고 기도하지 말고
위험에 처해도 두려워하지 않게 해달라고 기도하게
하소서
고통을 멎게 해달라고 기도하지 말고

고통을 이겨 낼 가슴을 달라고 기도하게 하소서

생의 싸움터에서 함께 싸울 동료를 보내 달라고 기
도하는 대신
스스로의 힘을 갖게 해달라고 기도하게 하소서

두려움 속에서 구원을 갈망하기 보다는
스스로 자유를 찾을 인내심을 달라고 기도하게 하소
서

내 자신의 성공에서만 신의 자비를 느끼는
겁쟁이가 되지 않도록 하시고
나의 실패에서도 신의 손길을 느끼게 하소서

푸른 축제

해운대 모래축제는
여러 행사 중
모래조각전이 주제이고
으뜸 중 으뜸이다

수명이 짧아
흔적이 사라지기 전
감상하고 감동받고
마음과 가슴에 담고
디카로 남겨야 한다

아름다운 추억은
무의식에 잠재의식에
저장되는 예술의 양식이 된다
추억을 기억하는 생명이 된다

간디면 어떻고 타고르면 어떠랴

해운대 모래조각전 콘테스트의
최우수 작품의 모델은 긴~ 수염
양쪽을 휘날리며 위풍당당한
그는
인도 시인 타고르가 아닌가

'핵전쟁 반대'란 제목을 보고
간디를 생각했다
인도에서 온 모래조각 작가는
간디가 아닌 타고르를 선택했다

민중을 아끼고 평화를 사랑하는데
간디면 어떻고 타고르면 어떠랴

핵전쟁이 없어지고
평화의 물결이 지구를 덮으면 좋겠다
사랑의 종소리 세상에 퍼지면 좋겠다

모래조각전 감상하는 가슴마다
해운대 모래조각전이 기쁨이고 즐거움이길

타고르의 기도 시처럼 나의 행복보다
그대의 행복을 위해 기도 드린다

레테르

자유라는 레테르가 좋다
나의 레테르는 자유다

자유의 최적지는 모래밭이다
눈으로 하늘을 담는다
눈으로 바다를 담는다
가슴으로 하늘을 품는다
가슴으로 바다를 품는다

하늘과 바다의 생명수를
마음대로 마신다
자유가 나를 품어준다
내가 자유를 품어준다
나의 레테르는 자유다

해운대 인어공주상

제6회 친환경 모래로 문화축제(2010)

'모래'를 소재로 한 국내 유일의 친환경 체험축제로 문화체육관광부 선정 2011 문화관광 유망 축제로 선정됐다. 이에 따라 2011년부터 1억원의 국·시비를 받고 최대 8억원까지 지원받을 수 있는 발판이 마련됐다. 2009년 문화체육관광부 예비축제로 선정된데 이어 2011년 유망축제로 지정돼 개최 6년 만에 전국 대표적인 축제와 어깨를 나란히 하게 됐다. 이 해부터 어린이들에게 최고 인기 프로그램인 샌드보드가 시작되기도 하였다.

해운대 모래축제

모래밭에서 신나는
모래로 통일 그림을
그려가는 어린이들

모래 속에서 보물을
찾아가는 즐거운 놀이

거대한 모래작품들 앞에서
내일의 추억을
디카 촬영으로 저금하는
스타가 된 어린이들

자녀가 신나게 놀 때
부모는 맨발로
모래와 어싱하며
알뜰히 챙기는 건강

모두가 신나는
해운대 모래축제
해마다 가고픈
해운대 모래축제전~~

샌드보드

모래를 소재로 한 국내 유일의
친환경 체험축제로
문화체육관광부에서 선정된 해이다

모래밭은 푹신한
융단이 깔려 있는 황금들판 같다

어린이들 마음대로
뒹굴어도 다칠 염려가 없다

모래언덕을 산처럼 만들어
샌드보드를 타고
미끄러져 내리는 스릴은
마치 파도타기 서핑처럼
서스펜스의 즐거움이 되고

세상에서 가장 좋은 놀이터
세상에서 가장 안전한 모래밭
아이와 어른이 함께 즐거운
모래언덕 샌드보드 타기

〉

스릴의 절정이 만점이 되는

구름과 파도가 오르내리는 놀이

춤추는 자유

정교하고 거대한
모래조각 작품들

그 너머로 보이는
동백섬 흰 등대
미포의 붉은 등대

평화의 길을
안내하는 불빛
부산갈매기들 자유롭게

광안대교를 넘어
희망을 물고 오는
축제의 백사장

바다도 신이 나서
윤슬 웃음으로
춤추는 해운대 모래축제~~

친환경 모래공원

짜디짠 바닷물로
저절로 소독된 모래

못 만들 것이 없는
꿈과 희망을 건설할
친환경 소재가 풍부한
최고의 놀이공원
해운대 모래밭

하늘과 바다가 하모니로
노래 부르는 파도의 춤
갈매기들에게 가슴을
내어주는 모래공원~~

우리들 가슴이 푸르게 뛴다

제7회 모래로 떠나는 동화여행(2011)

2011년 해운대모래축제부터 매년 주제를 정해 주제에 맞는 모래작품을 전시하고 프로그램을 구성하기 시작했다. 이 해 주제는 "모래성으로 떠나는 동화여행"을 주제로 중세 유럽의 성을 해운대에 그대로 옮겨왔다. 모래작가들 손에서 '걸리버 여행기', '잭과 콩나무', '인어공주' 등 동화 속 세계가 해운대 바닷가에 모래로 펼쳐졌다. 이 해 모래축제에서는 처음으로 대한민국 공군특수비행단인 '블랙 이글스'의 축하 비행 쇼가 펼쳐졌다.

신의 손

모래조각 작가의 손은
신의 손을 빌려
꿈을 완성시키는

예술을 무한의 세계로
이끌고 이끌어 가는
마법의 손이다

해운대 백사장에
모래조각 뮤지엄이 생겼다

페루 나스카 사막에
펼쳐진 거대한 그림들처럼

신의 손이 다녀간 흔적들
백사장에 창작물이 가득하다

모래조각 판타스틱 테마파크

블랙이글스의 축하 비행 쇼가
해운대 바다 위에서
환상적으로 펼쳐졌다

판타스틱 테마파크의 주제는
'모래성으로 떠나는 동화여행'이다

중세 유럽의 성들이
모래조각 작가들
손에서 부산의 해운대
백사장으로 옮겨졌다

인어공주 걸리버 여행기 잭과 콩나무
어린이들은 동화 속 주인공들과
세계여행을
해운대 모래축제에서 즐겼다

창조의 세계는
알파와 오메가이다
테마파크 기획자의

스페셜한 아이디어로
판타스틱한 예술이 탄생되고

우리는 즐기고 즐기는
예술인이 된다
모두가 판타스틱한
모래밭의 예술가가 된다^^

동화 여행

하늘이 축복하고
바다도 축복하고
축제의 성으로 떠나는

사랑으로 아름다운
백사장의 동화 여행

모래성이 세워진
판타스틱 동화의 나라로

해운대 해수욕장
모래축제의 한가운데로
동화의 나라 여행길이 열렸다

해~
운~~
대~~~
로~~~~

꿈의 나라

모래의 나라는
동화의 나라이다

꿈의 탑을 쌓고
희망의 탑을 쌓고
바다의 궁전을 쌓고
하늘의 왕궁을 쌓고

바다의 스토리를 만들고
하늘의 스토리를 만들고

동화의 나라에서 동화의 나라로
꿈속 여행이 신나는 나라이다
모래밭에 만들어지는 나라이다
무너져도 다시 일어나는 나라이다

끝이 없는 무한의 나라이다

제8회 잊지 못할 역사의 순간(2012)

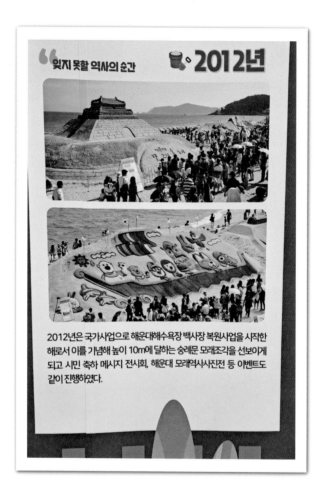

보물 숭례문

해운대 해수욕장 복원사업을
시작한 해로서, 이를 기념하는 뜻에서
숭례문 모래조각이 메인 작품으로
해운대 백사장에 건축되었다

자랑스런 숭례문 건물이 새롭게
창작되어 기쁨이 밀물로 벅차올랐다

바닷속 왕궁이 해수욕장 중심에
잘났다 뽐내며 우뚝 솟아난 풍광이다

우리의 보물 숭례문이 앞으로
견고하게 보존되길 비는 마음으로

관광객들은 거대한
숭례문 모래조각 앞에서
엄숙한 표정이거나
감동의 기쁨을 연출하기도

황금 모래사장

해운대 해수욕장은 조류의 편차가 심하다
백사장의 모래가 바다로 유입되기 일쑤고

해마다 개장 전에 공수한 모래로
백사장을 조성했으나 이젠 그렇지 않다

바다 속에 잠제를 설치한 후로
바다로 모래가 유실되지 않는다

백사장에서 유실된 모래를
물과 함께 퍼 올려서 관을 따라
해수욕장으로 보내게 된다

관을 통해 올라온 물은 다시
바다로 흘러가고
깨끗한 모래만 침전되어 남는다

채취된 모래는 굴삭기가 열심히 퍼 날라서
바다가 세탁한 모래 하늘이 말려서
해운대 해수욕장은 세계적인

황금 모래사장이 된다

깨끗한 해수욕장은
많은 사람들의 놀이터가 되고
해마다 찬란한 빛 축제가 열리고
모래조각 전시장이 된다

황금 모래사장은 해마다
찬란한 황금알을 낳는다

해운대 바다

한낮의 바다는 예술이다
하늘에서 별들이 단체로 내려와
바다의 날개마다 윤슬이 된다

별들은 밤하늘 대신
바다의 주름 사이사이로
은빛 날개로 탄생되어
온 바다를 윤슬로 덮고 있다

바다의 몸에 돋아 난 빛은
크리스털 샹들리에보다 찬란하다

태양이 바다로 내려와 빛이 되고
바다는 하늘로 올라가 저토록 푸르다

우리의 꿈이 눈부신
해운대 모래조각전 대축제
행복은 바다의 윤슬처럼
마음의 빛으로 번진다

아, 아름다운 해운대 바다여~~

역사의 순간

역사의 순간은
순간에 일어나고
순간에 사라지고
순간에 만들어지고

우리 모두가 오늘 이 순간
각자의 역사를 만들어 보관하는 날
해운대 모래축제장에서 역사가
탄생하는 순간을 역사에 담는다
각자의 가슴에 보관하는 순간이다

제9회 모래, 영화를 만나다(2013)

영화 속 주인공들이 모래로 되살아나는 '세계모래조각전'과 축제 기간 내내 대형스크린을 통해 단편 애니메이션을 상영하는 '모래 상영관'이 운영되었다. 특히, 영국 국제에어쇼에서 대상을 받은 대한민국 공군 특수비행팀인 '블랙이글스'의 비행쇼가 관광객들의 눈길을 사로잡았으며, 제11회부터 인디밴드 공연팀들이 구남로에서 자유롭게 거리공연을 벌이는 프린지 페스티벌이 개최되기 시작하였다.

체험 부스

어린이와 부모는
비누 만들기 부채 만들기
즐거움을 체험하고
비눗방울 따라
하늘을 날기도 한다

바다 공기는 친환경 놀이터
파도는 끝없이 밀려와
살아 있는 배경을 만들고

축제는 행복을 만들고
바다축제에 모인 사람들
신선한 꿈을 키워
기쁨을 온몸에 심는다

행복이 마음과 몸에서 꽃피고
하늘과 바다가 박수치는
오늘이여 영원하라

영화 속 캐릭터와

영화 속 주인공들은
모래로 부활되고

대형 스크린을 통해
단편 애니메이션을 상영하는
백사장 상영관이 운용된다

모래조각으로 빚어진
영화 속 주인공들
슈퍼맨 스파이더맨 배트맨
슈렉 골룸까지
모두 색깔을 입혀
입체감이 도드라진 작품들

아이언맨 스타워즈 킹콩과 함께
어린이와 어른도
영화 속 주인공과
꿈을 만들고 꿈을 타고
다 함께 축제를 즐긴다

예술은 때와 장소를 불문하고
인간을 위한 최상의 기쁨이고

하늘과 바다가 배경이 된
해운대 모래조각전은 해가 거듭될수록
인기가 절정에서 행복을 창조한다

참으로 자랑스러운 해운대 모래축제여~

모래썰매

모래언덕이 산만큼 높다
높을수록 신나해 하는 아이들

샌드보드가 모래썰매 닮아
아이들은 눈썰매 타듯
미끄러져 내리는 아우성

기쁨이 절정인 아이들
아이들은 즐기며 자라고
아이들은 꿈꾸며 자라고

친환경 자연환경이
아이들을 자유롭게 키운다

마음껏 모래썰매 타기 좋은
특별한 모래축제
해운대 모래조각 축제전~~~

주인공

내 삶의 주인공은 나다
재미없는 무의미함을 벗어나
의미 있게 살고 싶다

오늘이란 이 시간
모래로 드라마틱한
성을 만들고 싶다

성 안의 주인공이 된
나를 연출하고 싶다

내가 나를 만나는 날이다
나는 내가 데리고 논다
나는 내가 데리고 산다

내 안에 있는 나를 데리고
성장의 길 깨달음의 길
기쁨의 길 행복의 길을 간다

스스로가 주인공이 되어

제10회 모래, 정글 속으로(2014)

세월호 사고로 인해 공연행사 및 프로그램을 대폭 축소하여 세계
모래조각전 위주로 모래가 전하는 희망존, 추모·소망존 등 사고
희생자를 애도하고, 서로를 위로하는 분위기 속 차분하고 조용
하게 진행되었다.

슬픔이 밀려온 해운대 파도

진도 팽목항
추모객들의 발길이 이어지고

꽃피는 봄날이 와도
가슴 저리는 아픔

진도의 파도가
해운대 앞 바다까지 밀려와
슬픔으로 철썩인다

어찌하랴 어찌하랴
모두가 늪에 빠져
울고만 있을 수 없다고

살아남은 자들은 살아서 미안하고
슬픔이 밀려온 해운대 파도
저리도 슬프게 철썩이고

우리들은 일어나야 하리
먼저 떠난 영혼을 추모하고
더 나은 내일을 설계하기 위해서

해운대 월드 축제

전 세계를 통틀어 오직
해운대에서만 볼 수 있는
테마 모래조각전이 열렸다

모래조각 작품을 좀 더
가까이 보기 위해
관람 데크 길이 조성되고
야간 경관조명도 화려하게 켜졌다

거대한 모래조각을 좀 더
가까이 느끼며 감상하는 희열은
보는 이의 편의와 만족감이
크게 높아지기도 한다

팝페라 콘서트 넌버벌 퍼포먼스
색소폰 공연 등 흥겹고 다채로운
음악공연이 구남로에서도 잇따랐다

해운대 모래축제는
너무나 다양하고 드라마틱하고

즐거움은 스토리가 되고
세계적인 축제가 되어
베스트로 쓰여 지게 된다

희망존, 추모와 소망존

올해는 세월호 사고로
공연과 행사 프로그램을
대폭 축소했다

슬픔을 함께 나누려고
하트를 만들고 수많은
촛불을 사랑으로 켜고

안타깝게 세상을 떠난
희생자들을 위로 하는 묵념과
기도의 행렬도 엄숙했다

슬픔을 추모의 사랑으로
승화시키려 소망존을 만들어
많은 사람들이 모여
두 손 합장하고 눈을 감고

희생자를 애도하고
희망존에서 촛불을 밝히고
안식을 위한 기도를 바쳤다

＞
촛불이 길을 내며
사랑을 담아
하늘로 하늘로 올라갔다

모래밭 정글

모래밭에 세워진 정글
푸른 숲이 번창하다

하늘의 별들이 내려와
영혼으로 밝히는 빛

빛의 축제처럼
우리의 가슴 속에
촛불 하나씩 켜진다

기도가 몸부림치며
창공을 뚫고 오른다

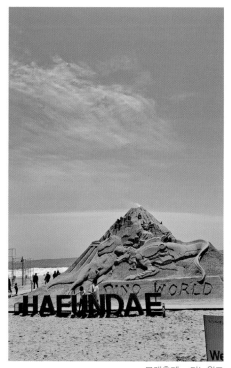

모래축제 _ 디노월드

제11회 모래로 읽는 세계명작(2015)

해운대해수욕장 개장 50주년 기념행사와 연계하여 개최한 제11회 해운대모래축제는 모래복원사업으로 넓어진 옛 백사장의 모습을 되찾은 해운대해수욕장 전체를 "모래로 읽는 세계명작" 주제에 맞춰 명작 테마공원으로 조성하였다.
백사장에 모래도서관을 조성하고, 북 콘서트, 동네서점 살리기 캠페인 등 관련 프로그램을 진행하였다.

통 크게 쏜다

해운대 모래사장 옆에 있는
부산 아쿠아리움에서 쏜다는 광고
현수막을 촬영해오면 할인되고

아쿠아리움을 구경할 수 있다는
신나는 광고다

모래축제와 함께 다양함을
아이들과 어른도 함께 즐길 수 있는
꺼리들 주변에 널려 있다

잘 살펴보면
해운대에서 추억을 저축할
아름다운 시간을 만들 수 있고

통 크게 쏠 기회를
너와 나에게 선물할 수 있는
눈부신 해변의 계절이다^^

모래로 읽는 즐거움

해마다 다른 주제별로 특별한
모래축제가 열리고 있다

올해는 오즈의 마법사
알라딘의 램프
흥부와 놀부 별주부전
피터팬 피노키오
이상한 나라의 앨리스
헨젤과 그레텔
쿵푸펜더 등 많은
모래조각이 섬세하고
다양한 스토리로 탄생했다

해운대 백사장은
모래 도서관이 세워졌고
명작 테마공원도 제작되고
북콘서트도 열렸다
또한 각 부스는
마을 서점 살리기도 실천했다

모래 조각전과 축제가 주는
특별한 이벤트 그 수명이
꽃보다 짧아 인기가 더 많다

순간은 위대함의 탄생이고
독서는 영원을 탄생시킨다

모래밭 꽃 정원

백사장에 꽃 정원이 생겼다
조화가 아니고
모두가 생화이다

여러 색깔의 꽃들을
화분 채로 옮겨와
정원을 만들었다

마치 모래밭에서 피어난
꽃처럼 모두가 예쁘다

사람들은 꽃을 감상하고
꽃은 예쁜 미소로
사람을 구경하고 있다

꽃을 보는 사람들과
사람을 보는 꽃들은
하나같이 아름답다

모래 정원에 있는 것은

모두가 꽃이 된다

사람들이 꽃이 된다

모래밭 독서

모래밭에 누워
하늘을 읽는다
바다를 읽는다

부산을 읽는다
명작을 읽는다
만화를 읽는다

그림을 읽는다
풍광을 읽는다
해운대 최고다

모래축제 _ 쥬라기월드

제12회 바다의 탐정, 모래의 열정(2016)

해운대모래축제 최초로 미디어 파사드를 도입하여 모래조각을
배경으로 그래픽 아트를 연출하여 호평을 받았다.
2016년부터 축제 종료 후에도 일정기간 모래조각 작품을 전시
하여 관람객들의 만족도를 높이는 계기가 되었다.

연장된 조각전

2016년부터
모래축제가 종료 된 후에도
모래조각 작품은
일정한 기간 동안
전시하여 관람객들에게
즐거움과 기쁨을 선물한다

하늘과 바다와
모래조각이
눈부시게 아름다운 해운대
축제가 끝나도 여운이 남아

그리움이 되는
그대라는 이름 해운대여~~~

탐험과 열정으로 하나되어

해운대 모래축제 제12회
미디어 파사드를 도입해서
어느 해 보다 화려하고
장엄한 대축제를 만들었다

미디어 파사드로 보는
그래픽 아트쇼~
깊은 바다 속 오색찬란한 해초들
물고기들의 세상을 보여준다

오묘한 빛으로 세워졌다가
순간에 사라지는 건물들

그래픽 아트쇼로 보는
올해의 모래조각전은 열정과
미디어 파사드의 효과로
세상에서 가장 아름다운
바다의 탐험과 모래의 열정으로
해운대 모래축제는 으뜸을 탄생시켰다

폰에 저장되고
무의식에 보관되고
영원한 추억이 될 신나는
부산 해운대 모래축제전~~~

국가스텐 공연

역시 가장 핫한 프로그램은
국가스텐의 열정적인 공연과
관객들의 뜨거운 호응이었다

젊은 피는 뜨거웠다
여름바다와 모래처럼
무대와 팬들이 하나되어
식을 줄 모르는 밤이었다

별들과 바다가 하나 된 밤
즐거움도 하나였다

역시 국가스텐은 관객을
실망시키지 않았다

공연장 열기는 폭풍우도
잠재우지 못하고
바다도 식히지 못했다

해운대의 밤은 바다 속 탐험처럼

열정으로 녹아졌고
모두가 사랑으로 하나된

해운대, 해수욕장의 뜨거운 밤
사랑으로 불타오른 핫한 밤~~~

바다 탐정

바다를 탐색하고
구름을 탐색하고
파도를 탐색하고

그리하여
바닷속 같은 내 속 탐색하고
너와 내가 사랑으로
잘 지내길 화해한 날이다

신비한 바닷속처럼
어마어마한 일들이 진행 중이다

바닷속 같은 찬란한 생의 신비가
그대와 내게
거대한 꿈으로 잉태되어 있다^^

02

Haeundae
Festival

해운대 페스티벌 2

제13회 모래, 행복을 그리다(2017)

샌드서핑

아이들은 스릴만점의
샌드서핑을 좋아한다

높은 모래언덕에서
샌드 보드로 미끄러져 내리며
즐거운 비명 소리 높이 높이 차 오른다

파도를 넘나들 듯
신나해 하는 샌드 서핑으로
세상을 지배한 듯
희열은 최상의 절정이다

모든 스트레스는
바다로 공중으로 날려 보내고
아이들 얼굴엔 웃음꽃 만발하다

행복이 폭발하는 순간이다

모래조각의 선물

모래조각으로 만난 해운대
바다의 신 포세이돈이
우리의 해운대를 지켜주고 있다

해운대를 만나고
해운대를 느끼고
해운대 백사장은
모래조각의 문화콘텐츠
세계 작가들의 작품이
제목처럼 다양한 모습으로
탄생되었다

웃음, 미국 작가
친구, 러시아 작가
사랑, 한국 작가
연인, 캐나다 작가
휴식, 대만 작가
열정, 한국 작가
가족, 미국 작가
자연, 한국 작가

낭만, 캐나다 작가

해운대로 여행 오니
모래밭에 그림 그리고픈
설레임은 낭만이 되고
사랑은 파도로 출렁이고
가족과 행복한 휴식이 된다

해운대에서
모래로 그린 행복
가슴에 그린 행복
바다의 신 포세이돈이
영원히 영원히 지켜주리라~~~

모래조각전

모래조각 작품 앞으로
관람 데크가 설치되어 있다

휠체어 탄 어른
유모차에 탄 어린이도
엄마가 미는 차를 타고
조각 작품 마음에 담는다

사람들의 얼굴이
태양 꽃으로 피어나고
하늘은 구름 꽃송이로 미소 짓고

바다는 파도로 멋진 춤을
모래조각은 잠잠한 미소로

사람과 모래조각이
서로를 감상하고
축제를 즐긴다

모래와 행복

모래밭에 그린 행복
가슴 밭에 타투한 추억이 된다

바닷물 잉크로 새긴
오늘의 벅찬 감동
삶의 단단한 뿌리가 되리라

폭풍우에도
흔들리지 않을 내일이 되리라

모래여
바다여
고마운 친구여

잊지 못할 해운대여~
그리움이 될 감동이여~~

제14회 영웅, 모래로 만나다(2018)

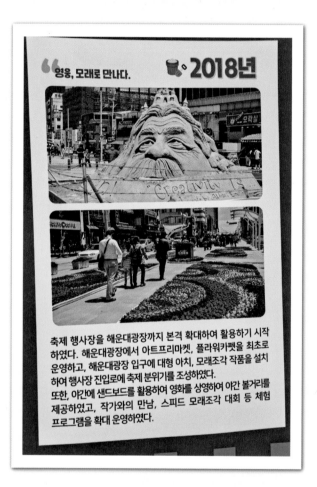

축제 행사장을 해운대광장까지 본격 확대하여 활용하기 시작
하였다. 해운대광장에서 아트프리마켓, 플라워카펫을 최초로
운영하고, 해운대광장 입구에 대형 아치, 모래조각 작품을 설치
하여 행사장 진입로에 축제 분위기를 조성하였다.
또한, 야간에 샌드보드를 활용하여 영화를 상영하여 야간 볼거리를
제공하였고, 작가와의 만남, 스피드 모래조각 대회 등 체험
프로그램을 확대 운영하였다.

히어로와 모래

히어로는 죽지 않는다
히어로를 지키는 우리도 히어로다

꽃피는 계절 봄이다

히어로를 모래작품으로 재현하는
특별한 해운대 모래조각전

모래와 히어로전이 축제가 되고
주인공이 되어 사람을 부른다

함께 즐기고 함께 행복한
모래조각의 주인공들
100세 200세 300세
영원한 연수를 누리리라

꿈의 롤 모델이 되어주리
모래조각으로 탄생된 히어로들
우리들 가슴에 보관되리라

그 수명 끝이 없으리~~~

모래로 만난 히어로

여러 나라에서 온 모래작가를 통해서
세종대왕 이순신 장군 손기정 선수
반지의 제왕 인디아나존스 아이언맨 등
다양한 작품이 재현되었다

창작의 세계는 참으로 신비롭다
해운대 모래조각전을 무대로
우리에게 나타난 위대한 인물들
우리는 그들을 만났고
영웅이라 불렸다

4년 연속 한국콘텐츠 대상을 수상했고
13회 때는 피너클어워드 프로그램 분야와
영광스러운 베스트 상을 해운대 축제가 탔다

해운대 모래축제는 세계에서 가장
자랑스러운 하나의 축제 중 축제이다

모래로 영웅을 재현시키는
'해운대 모래축제'는 대한민국의 희망이다

해운대는 세계에서 정직한 도시
창작의 영혼이 숨쉬는
꿈이 자라는 아름다운 예술의 고장이다

플라워 카펫

구남로 넓은 길
해운대 광장 양 옆으로
플라워 카펫이 생겼다

천국 축제가 열려
천국 길을 걷는 듯

황홀하고 벅찬 감사가
삶을 보상 받은 듯
절로 나비 걸음이 된다

내 인생이 존경스러운 걸음걸음
이 순간을 보관해 놓고
기억을 가동시키면 앞으로
어떤 고난도 거뜬히 넘기리

구남로 플라워 카펫 기쁨을 넘어
결혼식 카펫보다 더 큰 감동이다

잊고 싶지 않을 구남로 꽃길

해마다 다시 태어날 구남로 꽃길

다시 걸을 그날을 기다리고 기다린다
그 화려한 플라워 카펫 그 길을~~~

모래와 히어로

모래로 히어로를 만난다
새로운 감동의 물결이다

모래조각으로 만나는
인연이 짧아도 좋다

하늘 캔버스
바다 캔버스
모래 캔버스

히어로의 이미지들
해운대 캔버스에 담는다

해운대를 떠나지 못하는 히어로
우리들 가슴에 별빛으로 새겨져
별들을 바라볼 때마다 생각나리라

해변로의 꽃터널

제15회 뮤직, 모래와 만나다(2019)

역대 최대 세계모래조각전을 개최하여 8개국 14명의 작가가 20점의 작품을 선보였다. 음악을 주제로 모래작품 옆 스피커를 설치하여 해당 작품에 맞는 음악이 함께 나와 작품을 보고, 들으며 즐길 수 있게 되었다.이때 처음으로 축제 방문객 수를 휴대전화 빅데이터로 산정한 결과 축제기간 4일 동안 75만 명이 집계되었으며, 직접 경제적 파급효과는 823억 원으로 분석되어 부산을 대표하는 관광형 축제로 자리매김하였다.

모래상

아이들이 모래를 가지고 논다
친환경 소재라 걱정은
뚝~
뚝~
뚝~

모래상을 멋지게 빚는다
코를 오뚝 높이고
눈과 눈썹은 들어가게 파고
작은 조개껍질로 별빛 눈망울을

입도 깊이를 낮게 파고
조개껍질로 반짝이는 이빨을 만든다
기똥찬 모래상 보는 사람마다
웃음을 켠다
해변의 웃음에 파도는 춤을 춘다

뮤직, 모래와 랑데부

여러 나라에서 온 작가들
20점의 모래조각 작품을 선보였다

조각 작품 옆 스피커 장치에서
흘러나오는 다양한 음악이
작품 감상에 흥미를 돋우어준다

세계 유일의 모래를 소재로 열린
친환경 테마전시회는
빅테이터로 산정한 결과 4일 만에
약 75만 명 관광객이 방문했다

뮤직은 모래조각과 랑데뷰 하고
모래조각의 주인공들
신나게 관광객들을 감상한다

모두가 모든 것에 하나가 된 축제
서로가 서로에게 물들어진 최고의 시간
부산이 출산한 거대한 모래작품전

모래조각과 사람과의 랑데부
해운대가 만들어 낸 이벤트
무지개를 꿈꾸게 하는 행복
내년을 기다리게 하는 선물

꿈의 요람이 된 해운대 축제
꿈을 키워가는 해운대 축제
빛 축제가 꿈을 켜 주리라

모래밭 아이들

모래밭에서 노는 어린이들
잔병치레하지 않는다

자연의 빛으로
바다의 물결로
매력적인 근육으로
모래성을 건축하고
모래조각을 만들고

창의적인 두뇌로 발달이 자라는
대한민국의 건강한 아이들
모래를 가지고 노는 아이들
잔병치레하지 않는다

모래밭에서 노는 아이들
즐거움이 키워준다
모래밭에서 장난하고

신나게 자라는 아이들
꿈을 키워간다

〉

열린 하늘과 바다가
아이들 사랑을 자라게 한다

모래는 묘약

모래는 부드러운 존재
충격을 흡수해 주는 이불
위험 없이 놀아주는 좋은 친구

짠물로 촉촉해진 모래와 놀면
가벼운 피부병이나
가려움증도 해결되고

물가 모래와 접지하면
발바닥의 오장육부로
몸이 가벼워지는
사랑의 묘약 같은 것

어린이들은 모래성을 쌓고
파도는 모래성을 헐고
모래와 놀면 지칠 줄 모르는 시간

모래축제로 꿈이 자라고
사랑이 다정해지는 해운대 백사장

해운대 해변

제16회 코로나19, 힘내라 해운대 (2020)

사랑의 열매 회원된 것

바이러스 전쟁으로
문 닫은 가게가 많고
힘들어하는 시민의 절규가
뉴스를 타고와 가슴을 저리게 한다

부산 송도 출신 이태석 신부님은
'지극히 작은 자 하나에게 한 것이
곧 내게 한 것이니라'*

성경의 그 한 말씀을 실천하기 위해
일생을 준비하여
가장 가난한 사람들이 사는
아프리카 남수단 톤즈에서
자기의 재능과 모든 것을 바쳐 헌신했다

코로나19로 힘든 이웃을 위해
나는 무엇을 해야 하는가?
편하게 살아도 될 나이가 되어도
이토록 불편했던 적은 없었다

이웃이 어려움을 겪고 있을 때
도울 수 있는 곳을 찾아야 했다

사랑을 심고 열매를 나누어주는
아너 소사이어티, 부산일보 6층
사회복지공동모금회를 찾아갔다

작은 마음을 보태고 싶었다
이경훈 과장으로부터 설명을 듣고
세 명+의 가족 아너가 되었다

사랑의 열매 회원이 된 후
불편했던 마음이 다소
작은 보람으로 느껴져
가슴에 등불 하나 켜진 것 같았다

사는 맛이 이런 거구나
의미 있는 삶이 기쁨을 주는 구나
나눔은 곧 행복으로 이어지는 것을
사랑의 열매 회원이 되고

삶의 참뜻을 배우게 되고
행복을 얻게 되니
의미가 키워주는 기쁨이
날로 날로 빈 가슴을 채워준다

마스크 벗는 날이 오면
작은 자가 되고 친구가 되어
그늘이 있는 이웃을 만나
햇빛 별빛처럼 사랑을 나누고 싶다

* 성경 마태오 25.40

그리움이 된 축제

빛 축제를 위한 긴 작업이 끝났으나
코로나 확산으로 개막을 할 수 없었다

모래밭에 황홀하게 밀려오는
블루 빛의 유리바다를 볼 수 없는 절망
다음 해에 희망을 심었다

모래조각전도 16년 만에
전면 취소되었다
코비드19가 물러가면
다시 시작하면 된다고
우리는 스스로를 위로한다

빛 축제는 더 찬란하고
모래조각전은 더 장엄하게
시작할 수 있는 더 좋은
기회가 올 것이라고

하나의 행사가 취소되면
보다 나은 이벤트가 준비된다고

믿고 있는 마음 정원에
그리움이 된 축제가 새 희망이다

아무리 힘든 일이 생겨나도
해운대는 포기를 모른다
어떤 재난이 생겨나도
해운대는 더 힘차게 일어선다

힘내라 해운대여~
내년에 다시보자~~
해운대 빛 축제여~~~
해운대 모래축제여~~~~
그리운 해운대 축제여~~~~~

코비드19

코로나 바이러스가 확산되어
16년 만에 처음으로
2020년 빛의 축제와 모래조각전이
전면적으로 캔슬되었다

해운대 백사장 여러 곳에
팻말이 쓸쓸히
바닷바람을 타고 경고 하고 있다

'사람 중심 미래 도시 해운대
 In side the beach wear a mask'

−해운대 해수욕장 안심콜 필수
−해운대구 관광시설관리 사업소
  Tel: 070− 7883− 9844

겨울바다보다 더 외로운
2020년 해운대 해수욕장
오늘이 영원하지 않듯
코로나는 파도가 쓸어갈 것이다

코로나는 시간이 쓸어낼 것이다

힘내라 해운대여~
우리는 다시 일어날 것이다
우리는 역사를 만들 것이다

더 자랑스런 내일의 해운대를
더 아름다운 내일의 해운대를
더 알차고 힘 있는 내일의 해운대를
써 나갈 것이다 노래 부를 것이다

참 자랑스런 가족

2020년 12월 22일
크리스마스 이브를 앞두고
사랑의 열매 회원 입회식 날
동생과 올케 그리고 조카 선문과
우리 가족은 함께 참석해서 입회식을
박수치며 응원해주었다

혹여 가족이 서운해 할까
나는 미리 의논을 했다
코로나19로 이 어려운 시기에
불우 이웃을 위해
사회복지공동모금회에 전 재산
10억을 기부하려고 하는데
어떻게 생각하느냐고?
가족 대표 동생에게 물었다

누나도 넉넉지 않는데 앞으로
암치료 요양비가 필요로 할텐데
누나 재산 누나가 뜻있게 사용하는데
내가 가타부타할 일이 아니라고~

조카에게 물었더니 같은 말을 했다

역시 그 아버지의 그 딸이었다
나는 동생 명기가 자랑스러웠고
올케 실비아가 자랑스러웠고
잘 생긴 조카 석곤이가 자랑스럽고
예쁜 조카 선문이도 참 자랑스러웠다

모두들, 내게 바라는 것보다
나눔을 기쁨으로 아는
사람이라 칭찬하지만

나는 가족이 참 자랑스럽다
가족에게 도움을 못 주는 것이
부끄럽고 미안하지만
요즘 내 자랑은 우리 가족이다

사랑의 열매 모금단체에
기부하는 것을 섭섭해 하지 않고
오히려 잘했다 응원해 주는

가족이 나의 참 자랑이다

우리 가족은 잘 살지 못해도
남의 것 탐낼 줄 모르는
마음이 하늘의 부자고
기쁨을 나누며 살아 갈 줄 아는
특히 올케는 집 안의 환한 꽃이다

이런 가족이 있다는 것은
수만금이 있는 것보다
나는 참 기쁘고 행복하다
우리 가족이 정말 자랑스럽다
특히 올케 실비아는 집안의 꽃이다

조카들과 선문이

선문이 인스타그램에
나는 팔로우가 되었다

자주는 못 들리지만
그녀가 꾸미는 룸으로
가끔 들어가 본다

아너 소사이어티 단체를 몰랐는데
고모를 통해 알게 되었단다

고모는 자기를 위해서는
최소한의 절제와 절약으로
본인에게는 인색하게 생활하고
불우 이웃을 위해서는 큰손이 된다고

고모는 강하게 보이지만
내면이 여려 힘들어하면서
주변을 위해서는 아낌없이
희생하는 타입이라고 했다

그런 고모가 안쓰러울 때도 있지만
조카는 친구들에게 알리고 싶다고
우리 고모를 존경하고 사랑한다고
고모 같은 삶을 사는 게 꿈이라고

선문은 아버지께서 손녀에게
지어주신 이름이다
선: Sun
문: Moon
영어로 풀이하면 해와 달이 된다

Sun과 Moon처럼 선문은 성격이
밝고 따뜻하고 부드럽다
어머니인 대지처럼
생각이 깊고 마음은 평원이다

조카들은 내가 묻는 의견에 항상
긍정적인 반응으로 내 편이 되어준다
이런 조카들과 선문의 존재는 그늘 진 곳에
미소의 꽃 선물이 되어준다

이런 조카들이 여러 명 있어서
내게 큰 의지와 힘이 되어 준다

나는 조카들에게 자랑스러운
존재로 기억되고 싶다
이 또한 부질없는 욕심인 것을 알지만

조카들에게 주고 싶은 유산을
작지만 어려운 이웃을 위해
사랑의 열매에 기부하고픈
마음을 다른 분들로부터 배웠다

서울 307호 임충섭 아녀께서는
'어려운 이웃을 돕고, 두 자녀에게
기부를 유산으로 주고 싶어서
가입을 결정했습니다.'

'기부를 유산으로'
나는 이 말이 내 마음 같았다

두 자녀에게 기부를
유산으로 주고 싶다는 실천형
이보다 더 확실한 가르침이 있을까
나도 두 자녀에게 줄 유산을
어려운 이웃을 위해 기부를 하니
아들도 며느리도 배우겠다고 했다

중앙 315호 천영익 아너께서는
'나눔이란 우리 가족에 대한 칭찬입니다'

가족의 동의가 없으면 불편할 일을
사랑하는 가족의 도움으로 가능하니
가족에 대한 칭찬은 사실이다

저도 나눔이란 우리 가족에 대한
진정한 사랑이고 칭찬이라 생각한다

사랑하는 조카 선문이
어머니날 시어머니와 친정어머니와
고모인 내게까지 예쁜 꽃바구니와 함께

시를 써서 선물해 주었다

나는 이 시를 참 자랑스럽게
가슴에 간직하고 있다
가족은 나의 자랑스러운
힘이고 의지고 사랑이다

KSJ 폐지 줍는 할머니

해운대 구남로 길에서 만났다
손수레를 끌며 폐지 줍는 할머니
그녀의 등은 많이 굽어 있었다
우리 친정어머니 등과 꼭 닮았다

그녀를 볼 때마다 나는
친정어머니가 생각났다

그녀가 불편해 하지 않도록
제 친정어머니에게
돼지국밥을 대접하고 싶어도 안 계셔서
할머니께서 제 친정어머니가 되어달라고

나는 할머니를 만날 때마다
국밥이나 국수 값을 드린다

미안해하고 고마워하는
할머니의 웃음은 하늘을 덮을 것 같다

요즘 KSJ 할머니가 보이지 않는다

어디 편찮으시지는 않는지
푸른 바다 같고 파란 하늘 같은
할머니의 호탕한 그 웃음이

나는 늘 그립고 그립다
다시 만날 날을 꿈꾸며~

촛불 같은 그대
  – 선문이가 향영 고모에게

어릿 어릿
소녀감성 지닌 그대

가슴 속 깊은
아픔 견디고 있는 그대

그 힘듦 속에서도
주위의 아픔 위로하는 그대

촛불처럼
내 몸 희생하며
주위를 밝히는 그대

여리고 여리지만
강인한 그대

그대는 빛
하늘이 보내준 빛
촛불 같은 그대

빨간 마후라, 여자 대통령

마린시티 공중화장실에서 처음 만났다
빨간 마후라 여자 대통령이란 그녀를

화장실에서 버려진 음식을 먹는
그녀를 모른 척 할 수가 없었다

음식을 사 먹으라 만 원을 손에 쥐어 줬다
그 후 만나게 되면 먹을 것을 챙겨주었다

어느날 해운대 바닷가 쉼터에서 만났다
반가워 인사했는데 몰라봤다

그녀는
노무현 대통령이 안주머니에서
지갑을 꺼내 1만 원 줬다는 말만
자랑스럽게 반복적으로 했다

그녀는 나를 모르는 사람이라 했다
돈 1만 원은 같아도 주는 사람은 다르다

노부현 대통령은 자랑으로 기억되고
여러 번 챙겨준 나는 안중에도 없다
남이 나를 몰라봐도 나는 괜찮다

그녀가 노무현 대통령의 기억으로
행복해 하는 모습이 보기 좋았다

나는 내가 나를 정직하게 다스리고
스스로를 인정하고 사랑해 주면 된다

난 그녀를 기억하고 기도해 주고 싶어서
그녀의 이름을 물었다
그녀는 이름이 없다고 했다

'빨간 마후라 여자 대통령'이라 불러 달라 했다
꽁트 같은 순간이 파도치듯 지나갔다

마린시티 공중화장실에서
해운대 소나무 공원에서
해운대 바닷가 쉼터에서

만날 때마다 재미난 얘기로
나를 웃기는 재미난 친구이다

'빨간 마후라 여자 대통령'이라 불러주면
그녀의 해맑은 미소는
하늘의 흰 새털구름처럼 퍼진다

약간의 정신 이탈은 그녀의 죄가 아니다

이름 모를 구남로 스타

그녀는 패션모델처럼 꾸민다
화장을 짙게 하고 멋진 모자를 쓴다
옷도 모델처럼 입고 목이 긴 구두도 신는다

대구에서 사업하러 부산에 왔다는
그녀의 사업처는 해운대 구남로 버스킹 자리다

해운대에서 사업이 잘 안되는 날은
서면 롯데백화점 정문 앞이 제2의 사업 장소란다

이름이 없다는 그녀의 스타일이
좀 천박해 보이긴 하지만
그녀의 영혼이 정상을 약간 이탈한 탓이다

그녀의 사업바구니란 화장품 그릇에
나는 지폐 한 장씩 놓아 준다
만날 때마다 넣는 것은 내 자유다

그녀는 아무 상관없다는 듯이
무관심이다, 말도 미소도 없다

〉

폐지 할머니의 웃음이 그리웠다
역시 나도 어쩔 수 없는 속물인 것을~

구남로 사업가 할머니는
나의 귀한 스승이시다^^

해변 열차

미포역에서 송정 가는
해변 열차를 탄다
백팩을 메고 걸을 때는
노동처럼 지루했는데~

조카 선문과 함께
타는 비치 열차는 즐거움이
비눗방울처럼 화려하게 날아
바다 위를 달리는 기분이다

해변 열차에 편히 앉아
바다의 윤슬을 바라보니
가슴은 하늘로 날아올라
지난날을 소환해 낸다

홀로도 외롭지 않을
시대에 적응을 잘 하는 사람은
자기에게 관심과 사랑으로
포옹해 주는 홀로움은
한낮의 낭만을 즐길 줄 안다

〉

혼자 탈 때는 홀로여서 좋고
조카 선문과 같이 타니
즐거움이 배가 되어 좋다

비치 열차는 탈 때마다 신이 난다
해변 열차의 코스가 짧아서
연인과 헤어질 때처럼
아쉬움이 빈 철로를 따라간다

철로 위 아지랑이 춤은 그리움이 되고~~

스카이캡슐

해운대 블루라인파크
미포정거장에서
선문과 난 스카이캡슐을 탔다

우리는 타임머신을 타고
유년으로 돌아갔다
타는 놀이 기구는
언제나 신나는 시절로 데려갔다

미포항에서 윤주와 여객선을 타고
갈매기들과 새우칩 놀이도 즐겁고
해변 열차를 선문과 타고
자연 속으로 달리는 기쁨은
쌓인 스트레스를 확 날려준다

모노레일 비슷한
스카이캡슐을 타면
여유롭게 즐길 수 있는
평화의 시간이 주어진다

좌측 초록 숲과 새들의 파티
우측 바다 위로 그려진 그림
동시에 감상할 수 있는 좋은 시간

바다 위 윤슬은 요술쟁이다
다이아몬드 광장이 되어
바라만 보아도
마음은 큰 부자가 된다

가슴에 보석이 가득한
그 벅찬 기쁨을 사랑하는 조카들 경애와
윤주와 선문에게 마구 퍼부어주고 싶었다

블루칼라 스카이캡슐 15호는
청사포 구간까지 알뜰한 선물로
우리를 유년시절로 데려간 듯
아낌없이 축복해 주었다

다시 타고 싶은 유람선과 비치 열차와 스카이캡슐~

송정 힐링숲 바닷가 걷기

편백나무 숲길을
맨발로 걸었다

땅은 생명이다
흙은 촉촉한 목소리로
발바닥에 대고

사랑해~ 사랑해~~ 사랑해~~~
발은 땅에게
고마워 나도 사랑해~~~

접지하는 순간순간
땅의 기운이 온몸으로
스미어 든다

송정 백사장에서도
맨발로 걸었다

바닷가에서 맨발로 걷는 것은
물과 모래와 발가락이

하나로 만나는 하모니

만남은 사랑이다
사랑은 만남이다
행복한 순간이다

달맞이 언덕 1

빛 축제와 모래조각전이 없어도
시간은 돌고 봄은 오고
달맞이 벚꽃 길은
꽃망울로 꿈을 담고 있다

마스크 착용 단디 하고
문탠로드 소나무 길을 걸으면
발아래 너울로 춤추는 파도
소설 같은 얘기를 들려준다

언덕의 산책로도
꿈이 파릇파릇 돋아나
활짝 핀 미소로 반긴다

어떤 고난도 무너지지 않는
역사로 숨 쉬는 달맞이 언덕
갈수록 인기 있는 달맞이 동산
만남이 사랑으로 자라나는 향기

마스크 착용 잘하고 홀로 걷는 길

코비드가 질투하는 사랑의 언덕
꿈길이 아름다운 달맞이 길 해운대~~

청사포 구름다리

다릿돌 전망대
스카이워크로 만든 지혜
청정한 구름을 머리에 이고
바다 위 유리바닥으로 걸어서
구름다리 끝에 선다

좌우로 빨간색 등대와 하얀색 등대
길을 밝히듯 높게 서 있다
수평선 너머 바다가 끝나면
육지의 시작이 기다리고 있듯

오늘 코비드가 힘들고
마스크 착용이 답답해도
내일은 더 발전될 새로운
세상이 우릴 기다리고 있다

와우산 쇠꼬리가 잘려도
청사포는 청정한 역사로
영원을 노래하는 것처럼^^

동백섬

달맞이 언덕 2

동백섬에서 LCT 빌딩까지 걷고
미포항에서 동쪽을 바라보면
달맞이 언덕이 보인다

걷고 걷다보면 어느새
가로수로 만발한 벚꽃 길
달맞이 언덕에 오른다

문탠로드와 갈맷길은
솔나무 오솔 길이 정겨운 그림이다

눈 아래 푸른 바다가 출렁대는
언덕의 허리를 홀로 걸어도
자연이 친구가 되어 준다

그림속 풍광에 주인공이 되어
내가 나와 걷는 낭만이 있고
나는 자연과 하나되어
감사와 감동의 물결이 된다

세포들 모두가 춤으로 일어선다
건강을 잃었던 DNA들도 살아나
달맞이 언덕길을 즐긴다

벚꽃은 내 영혼을 노래한다

코로나19처럼

한치 앞을 모르는 일상을
만약에 코비드처럼
갑자기 지진해일이 온다면

해안을 산책하거나
길을 잃었을 때
관광객의 대피 장소가
벽보로 안내되어 있다

'동백공원 정상
달맞이 언덕
해운대구청
관광시설관리업소'

해운대구 재난안전대책본부는
응급시를 대비해서
사람들의 눈에 잘 띄는 곳에
벽보로 붙여 알리고 있다

걷다가 벽보를 읽게 되면
마음이 평화의 꽃다발을 받는다

버스킹 존

해운대 바닷가 근처
산속 새들의 노래처럼
라이브 음악이 싱그러웠던 곳
올해는 가는 곳마다 쓸쓸하다

수많은 버스킹 존이 공허하다
버스킹 공연 자리마다 비어있다
노래가 없는 버스킹 존이
외로움에 떨고 있다

버스킹 존이 빈 가슴으로
그대를 그리워하고 있다
그대를 기다리고 있다

머지않아 만나게 될 우리들
노래와 춤이 새롭게 단장될
사랑의 광장이 될 버스킹 존~

그날을 고대하고 있다
기다림을 행복으로 생각하며

꿀 단속

아~~이스케키~~~
아~~이스크림~~~
달콤하게 외치던 노래

그 시절은 추억으로 보관되고
단 한 사람도 판매행위가 없는
깨끗한 해운대 백사장

'해수욕장 주변은 식품청정존입니다
노점 길거리 음식 구매는 NO
호객행위 업소 이용도 NO'

해운대구 환경위생과 Tel : 749-4411~4416

꿀 단속이 철저한 해수욕장
해운대 백사장엔 바다의 향기
여름 꽃으로 피어난 사람들

마스크를 착용하고 드문드문
홀로 걸어도 좋은 바닷가 산책

가슴을 시원하게 샤워시키는
내 마음의 친구 푸른 파도

꿀 단속으로 더욱 깨끗해진
해운대 해수욕장과 주변의 거리 거리
파도는 홀로 행복의 탑을 쌓고

LCT 전망대

쳐다만 봐도 어지러운 높이
100층까지 솟아올랐다

바다에 대마도가 앉아 있고
하늘이 가까이 느껴지고
도시 전경이 한눈에 들어온다

BUSAN X THE SKY 전망대는
엘시티 건물 100층에 있다

뉴욕의 엠파이어 스테이트 빌딩보다
더 자랑스런 부산 해운대의
Landmark Tower에 오르니

아~
하늘과 바다가
내 품에 들어온다
대마도가 내 품에 안긴다

푸른 바다를 읽고

파란 하늘을 읽고
마음이 풍요로워지는

부산 엑스 더 스카이 전망대
한순간에 오르면
바다와 하늘이
내 안에서 하나되고

절정의 순간
영혼 여행을 경험하게 된다

바다 웃음

동백섬 전망내에서
바다를 본다

윤슬로 웃는 바다
빛으로 빛으로
무늬 그리며 웃는 바다

바다의 웃음 따라
내 입술도 절로 파문이 된다

파도 웃음

파도가 웃는다

하하 호호 히히 허허
사람의 웃음과 다르다

파도가 웃는다
쏴 쏴 쏴 철썩 철썩 철썩
큰 소리로 웃는다

내 울음 파도가 삼켜
대신 웃어 주는
요술쟁이 파도

파도가 웃는다
나도 따라 웃는다

동백섬

지난날 동백섬은
접근 불가능한 비무장 지대

오늘날 동백섬은
체육섬이 되어있다

스트레칭 그룹이 운동하고
많은 사람들 아침저녁으로
걷고 걷는 길~~

새들의 노래 정겨운
오랜 친구 같은 산책로

아아~ 내 영혼 한 조각
동백섬 까치가 되고

걷는 사람들에게
피곤치 않을 경쾌한

노래가 되어 주고 싶다

동백섬 등대

부산 갈매기

미포항 터미널 늦은 오후
여객선 타고
오륙도를 돌아본다

갈매기 따라
뱃길이 열리고
그 길 따라
물새들
사람을 기웃거린다

관광객들의
엄지와 검지 사이의 먹이
새우깡 한두 개씩
갈매기들 테크닉이 허공을 날고 있다

물새들 날개를 십자가처럼
활짝 펴고 작은 두 다리와 발
몸속에 접어 넣고
빠르게 더 빠르게 난다

갈매기들의 기막힌 라이브 쇼
물을 가르는 엔진 소리
부산 갈매기 묘기 따라
쏟아지는 박수 소리

미포 여객선 신나게 흔들며
오륙도 돌아설 때
등대 불빛이 붉게 빛났다

흰 마스크가 핑크 빛으로
물던 얼굴이 화사한 장미 같다
저만치 새봄이 헤엄쳐 오고 있다

해운대 봄

멀리 회색빛 산이 보인다
또 다른 작은 섬엔
등대 하나 쓸쓸히 서 있다
키 큰 등대엔 불이 꺼져 있고
등대는 따뜻한 가슴이 그립다

밤을 기다리는 등대
겨울이 밀려가고
봄 햇살이 켜질 때
외로움은 풀릴 것을

미포의 오후
윤슬은 바다의 미소다
반짝이는 웃음을 만드는
코로나도 비켜가는 바다

하얀 쪽배 하나
미포를 향해 걸어가듯
봄이 오고 있다

빙점이 된 가슴에
새 봄바람 불어오면
해빙으로 자유할 그날
마스크도 자유를 누릴 그날

길고 긴 기다림은
희망으로 승리할 깃발이 된다
새봄이 해운대 바다 위로 걸어온다

해운대 겨울밤

바다는 어두움으로 침묵하고
미포 통통배들 미동이 없고
바닷가 식당들 코로나에 잠들고
동백섬 걸음도 지워진 고요

나는 그믐달 그림자 밟고
파도를 걷고 모래를 걷고
나를 데리고 걷고
몸에 소름 오르게 걸었다

겨울밤은 나를 휘감고
할 줄 아는 것은 마음의 방황
외로움은 밤을 못 견디고
그믐달 향한 메마른 눈물

살고 싶으나 살 줄 모르고
죽고 싶으나 죽을 줄 모르고
떠나온 고향 돌아갈 줄 모르고
돌아온 고향 즐길 줄 모르는

관계를 모르는 소통
남은 없고 자기만 있는 세상
높은 파도가 대세인 바다
에둘러 찌르는 칼의 말에도
버려지지 않는 인연들

달의 품속으로 빠져들고픈
높은 곳으로 내려가서
만월로 해산하는 울음

걸음 방향이 바다 속인가
허공 밖인가
그믐의 끝은 어디로 흐르는가

겨울처럼 차가운 거리두기
그래도 감사한 것은
따뜻한 봄이 오고 있으니까
웃음을 밥 먹듯 가동시켜
이 겨울을 따뜻하게 지나야지
코로나19의 끝이 보이고 있다

해운대 빛 축제

빛이 코비드의 어둠에 갇히고
숨이 차단된 절체절명의 계절

모래사장이 파랑색 바다가 되었던
지난날 빛 축제가 몹시도 그립다

어둠이 숙성해지면
해운대 바닷가 마을은
찬란한 빛의 나라로 변신한다

모래사장을 바다로 만들어낸
작가의 기막힌 아이디어는
황홀한 파도되어
우리의 가슴을 빛으로 채색한다

빛의 나라가 바닷가에 세워지고
모래밭에 올라온 물고기는
오색 무지개 옷을 입고 서서
사람들과 소통을 즐긴다

축제장 바닥은 메밀꽃이 눈빛으로 빛났고
공중에는 별님 달님이 환한 미소로
우리들 마중 나와 반겨주던 그날들
기다리고 기다리며 다시금 세워질

세상에서 가장 아름다운 해운대 빛 축제여~
보고 싶고 그리운 해운대 빛 축제여~~~

동백섬 운동

아침마다 모인다
바다와 동백섬 사이
운동할 수 있는 쉼터에서

몸과 마음의 안과 밖을
힐링시키고 스트레칭시키고
가슴을 열고
하늘을 품고
바다를 품고
동백섬을 품고
맑은 공기로 내장까지 씻는다

백회와 사신총을 문질러
풍지와 풍문을 지압하고
온몸의 구석구석을
발톱까지 혈관을 윤활하게
골고루 자극을 하고

하늘 공기를 마시고
바다 공기를 마시고

동백섬을 내 안에 심는다
건강나무가 무럭무럭 자란다

행복도 따라서 쫓아온다

자랑 하나

명예가 없다, 나는
재물이 없다, 나는

하지만, 자랑은 하나 있다
해운대 모래밭이다

오장육부를 샤워시키고
모래 어싱Earthing은
나의 켄서cancer를 치유하고

해운대 사는 것이
유일한 자랑이다, 나는

해운대 모래밭이
내 최애의 보물섬이다

해운대 바다가
내 최고의 사랑섬이다

이건희 미술관

  – '이건희 미술관의 해운대 유치를 적극 기원합니다'

이보다 가슴 설레이게 하는
아름다운 팻말을 일찍이
나는 본 적이 없다

해운대 바닷가로 해서
동백섬을 걸으며
팻말을 읽을 때마다
나의 가슴은 두근거렸다

'하느님 아름다운 부산에
파리의 루브르 박물관처럼
최고로 근사한 미술 박물관을
우리 해운대에 유치하도록 도와주소서'
나의 걸음걸이가 기도가 되었다

세계에서 해운대로
관광 오는 구름 떼 같은
발길을 상상하며 걷는
내 마음은 서핑하는 순간처럼
희열이 온몸으로 느껴진다

〉

삶을 마무리하고 떠나면서
후대를 위해 큰 선물을
남길 수 있다는 것은
얼마나 멋진 인생인가

나도 개인 전시회가 끝난 후
소유하고 있는 그림 모두를
기증하고 싶으나 받아 줄 곳
없을 것 같아 슬픈 사슴이 되었다

이건희 미술관이
해운대로 유치되면 큰 감사이고
하지만 어디엔들 어떠하랴
칭찬과 박수를 아끼고 싶지 않다

우리 국민에게
우리 사회에
우리나라에 큰 선물이 된
위대한 유산이 아닌가 말이다

〉
멋진 마무리를 배울 수 있고
세계적인 작품들 감상할 수 있고
이 얼마나 감사한 일인가
이 얼마나 행복한 일인가

이건희 미술관을 통해
그의 존재는 사라지지 않을
우리 모두에게 본이 될 인물로
영원한 영웅으로 남으리라

귀한 작품 많이 남겨준 고인과
국민을 위해 나라에 기증해준
유족에게 감사한 마음이다

제17회 샌드, 쥬라기월드(2021)

코로나19 상황이 지속됨에 따라 올해는 해운대모래축제가 아닌
해운대 모래작품 전시회로 방역수칙을 준수하여 운영된다.
코로나19로 인해 해외작가가 불참함에 따라 국내 작가 3명이 작품
제작기간을 늘려 11개의 작품을 선보인다. 구남로 해운대광장
전역에는 플라워카펫을 조성하여 꽃 전시회를 운영한다.
코로나19로 인해 개막식, 공연, 해상불꽃쇼, 거리 퍼레이드, 버스킹
등의 프로그램이 전면 폐지되었다.

꽃의 나라

바다를 향해 있는
구남로 광장 전체가 꽃의 나라다

생화로 여러 개의 꽃 아치를 만들고
양 옆으로 오색 찬연한 꽃들이
웃으며 박수치며 환영해 준다

꽃 터널 속으로 걷는 걸음걸음
화사하게 날갯짓하는 나비가 된다

힘든 삶의 끝자락은
달콤한 휴식이 선물이다

감동을 안겨주는 벅찬 오늘이
생의 한가운데 큰 축복이 되고

내 영혼이 꽃으로 물들고
나도 꽃이 된 순간을 누린다

해운대에 돌아온 공룡들

해운대 해수욕장 입구
딜로포사우르스 모형의 공룡들
움직임이 있고 소리도 낸다
공룡을 좋아하는 아이들
보기만 해도 신나해 한다

공룡들의 세상이 펼쳐지고 있다
해운대 모래사장에
바다와 시공간을 초월해 나타난
공룡들이 방문객들에게 꿈같은
추억을 안겨주는
해운대 모래조각전이 전개된다

쥬라기 월드에 공룡들이 살아있고
인간과 공존하는 것처럼
판타지스러운 모형들
외국 작가들의 작품이 아닌 완전
우리나라 작가들의 작품이라
경이로운 감동을 더해 주었다

코로나로 인해 개막식 공연 해상 불꽃쇼
거리 퍼레이드 버스킹의 프로그램이
진행되지 않아도 실망을 주지 않는
해운대의 모래조각전
저 푸른 창공과 바다처럼 언제나
꿈을 꾸게 하고 꿈을 안겨 준다

천사들이 지키는 해운대

봉사자들이 순회하며
마스크 착용을 체크하고
발열 측정도 체크한다

이상이 없을 경우
파랑 손목밴드를
착용하고 입장을 시킨다

방문객들의 건강과 안전을
철저히 지켜주는
무조건적인 천사들의 사랑

마음의 평화를 얻고
모래조각전을 감상하는 내내
가슴에 파도처럼 구름처럼

꿈이 행복을 키워준 시간
천사들이 지켜주는 해운대비치
내일은 오늘보다 더 환한 빛으로

해운대 색들의 컬래버레이션 빛 축제
해운대 모래밭 박물관 모래조각축제
해마다 진행될 아름다운 축제의 선물

꿈을 키우며 다음 해를 기다리는 우리들~~~

특별한 이벤트

이이들은 동물을 좋아한다
쥬라기월드 안으로 스며들어
공룡들과 친구가 되어 소리 질러
마스크 안의 스트레스를 모두 날린다

공룡들도 꼬리를 흔들고
살찐 몸으로 흔들흔들 춤을 추며
아이들과 즐겁게 놀아준다

마스크 안에 갇혀버린 시간
오늘은 특별 이벤트로
살맛나는 해운대 쥬라기월드

해운대 빛 축제
해운대 모래축제
영화의 전당 부산
예술의 나라 부산
축제의 도시 해운대

세계가 해운대로 구름떼처럼
갈매기처럼 밀려오고 있다

해운대 페스티벌

이향영 시집

03

Haeundae
Festival

•

해운대 페스티벌 빛 축제

제1회 해운대 빛 축제
(2014. 12. 24 ~ 2015. 2. 28)

너와 나의 별

빛나는 너와 나의
별 하나 갖고 싶데이

뭐라꼬 해운대라꼬?
해운대 빛 축제 가면
나의 별을 만날끼라꼬
그라만 가야제이

구남로 거리에 '스타 보틀'
대형 병이 설치되어
희망의 소원지를 적어
병에 넣고 간절히 바라면
이뤄진다 안카나

내는 이번에
해운대라꼬, 빛 축제에서
꼭 내 별을 만날끼라
꿈을 꾸고 있데이

빛의 거리를 걷고

또 걷고 걷는데
너도 나도 별빛으로 물들어
모두가 스타 같다 안카나

우짤라카노
우짜만 좋겠노
너와 나의 별을 우째야 만날꼬
꼭 찾고야 말끼데이

'스타 보틀'이
우리의 행운을 가져올끼데이
별처럼 빛나는 빛의 해운대에서
그대를 꼭 만나고 말끼데이^^

그대 빛나는 별

빛은 빛으로 익어
빛나는 별을 출산하고 있다

구남로 거리 샛길마다
빛이 펄럭이고
가게마다 사람이 펄럭이고

빛으로 발전한
해운대가 사철 늘
푸른 솔나무처럼
사계절이 관광도시로 자라간다

늘 빛나고 청정한
해운대는 머물고 싶은
우리의 보물섬이다

서울에서 보물섬을 찾아온
윤주네 가족 감동하는 순간
행운의 별 가슴에서 빚어내는 사랑

그대 빛나는 별 해운대에서
모두의 별은 해운대에서 만난다

빛 축제 야경

출처 : 연합뉴스 (www.yna.co.k)

제2회 해운대 빛 축제

(2015. 12. 1 ~ 2016. 2. 29)

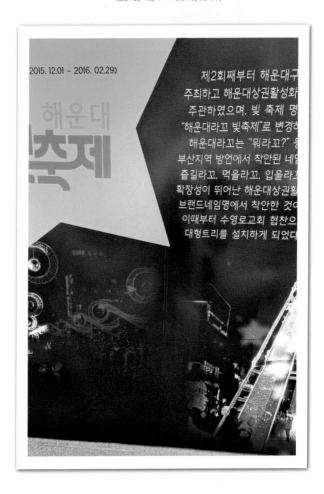

해운대 전통시장

별들이 내려와
참새들처럼 줄 위에 앉아있다

별빛은 전통시장
골목을 환하게 밝히고

사람들의 가슴은
하늘로 펄럭펄럭
동지팥죽과 미스공 구슬 떡볶이
부산어묵의 줄이 길기만 하다

시장 구경은 배가
불러야 재미가 배가 된다

별들이 내려와 빛으로
수놓은 시장의 크리스마스
전통시장 해운대
신년은 붐비는 황홀경이다
신화로 쓰여 질 빛 축제이다

날개 달린 자전거

200여 년 된 거북이 올라와
수많은 알을 낳은
행운의 광장 구남로
하얀 거북이 알에 켜진 빛

구남로에 설치된
날개 달린 자전거 타고
하늘 향해 오르고 오르는
그대와 나의
새로운 꿈 새로운 희망

빛의 나라 해운대
빛의 축제 해운대
큰 꿈 선물 받은 것

승리의 깃발이
그대 가슴에서부터
팔랑팔랑 빛으로 펄럭이고

네이비블루 밤하늘은

날개를 펴고
그대를 품어주네

하늘로 오르는 자전거
우주로 길이 열리는 꿈이여
해운대에서 다시 시작하는 오늘

우리의 꿈은 벌써 다 이루어졌네

제3회 해운대 빛 축제
(2016. 12. 2 ~ 2017. 2. 12)

스타그램

커플 사진 찍어 SNS에
인증 샷을 올리면

매주 한 커플을 선정해
18K 커플링을 증정하는
기념이 보관될
사랑이 저장될
'쪽스타그램'
로맨틱 추억 만들기
인기 있는 이벤트

해운대 빛 축제
겨울바다의 낭만이
보석 같은 추억으로
생산되는 사랑 스토리

그대는 스타로 빛나고

겨울바다, 우리의 사랑 이야기 싣고

대형트리와 9개의 작은 트리들
3D 증강현실 기술을 접목해
장식된 황홀한 트리
관광객들과 연인들의
발목을 붙잡고 체험의
낭만을 즐기게 하고

증강현실 경험은
사람들의 가슴을 설레게 하는
환상적 추억을 보관해 줄
최고의 순간을 선물하고

겨울을 이렇게
멋스럽게 보낼 수 있게 해준
해운대 빛 축제
큰 축복이 아닐 수 없다

3D 증강현실 크리스마스트리
위대한 빛이 우주의 행운을
해운대로 끌어당기는 빛의 축제

〉
오~ 찬란한 빛의 위대함이여
신화적인 해운대 빛 축제여~
우리의 기쁨이 춤추는 빛 축제여~
해운대 역사에 새겨질 빛 축제여~

연인 전용

연인 전용 포토존에서
매주 토요일 오후
8:30분 연인과 함께
눈을 맞을 수 있는
'화이트 크리스마스'를
즐길 수 있는 프로그램

겨울바다, 우리들
사랑 이야기는 다양한
꽃들의 화려한 향기로
번지고 번지어 가는
해운대의 화려한 빛 축제

해운대 빛 축제가 하늘길 되고
해운대 빛 축제가 바닷길 되고
연인들의 꿈, 길이 열리는 해운대

세계의 연인들 해운대의 품안으로

빛 축제 야경

제4회 해운대 빛 축제
(2017. 12. 1 ～ 2018. 2. 18)

그 겨울, 해운대 빛이 내리다

밤이 되면
넓은 모래밭에
파란 빛이 내려
빛은 바다를 불러
파도로 춤을 춘다

황홀에 물들어
네온 바다에 빠져 있는
그대를 안고
빛은 파도처럼
왈츠리듬으로 펄럭인다

빛이 내린 해운대
그 겨울 바닷가
그대도 나도 빛이 되어
황홀한 밤바다에
영혼이 찬란한 투신을 한다

물고기가 입은 옷

바다에서 축제 구경하러
모래밭에 올라온 물고기

알록달록 무지개 옷 입고
사람 구경하는 물고기
입에는 지구본을 물고 있다

구경 온 사람들이
무지개 물고기 예쁘다고
말을 건넨다

물고기는 자기가
사람인줄 알고
지나가는 관광객들의
발목을 잡는다

그대도 물고기처럼
무지개 웃음으로
내 발목을 잡아줬으면

지구본을 물듯 깨물어줬으면^^

빛 축제 야경

제5회 해운대 빛 축제

(2018. 12. 1 ~ 2019. 1. 31)

모래밭 반달

해운대 모래밭에
반달이 내려와 있다

하늘나라 그대
반쪽으로 머물다
너를 만나러 온
모래밭 반달

그대랑 내가 만나
해운대의 만월로
빛 축제가 눈부시다

모래밭 반달이 웃는다
너도 반달로 웃는다
하나가 된 풀문이 웃는다

해운대의 밤바다 위로
행복의 웃음 넘실거린다

해운대를 품은 달빛

겨울 낮 해운대는
라스베가스를 닮고

겨울 저녁 해운대는
은은한 달빛이 품은
정겨운 꿈의 나라이다

밤이 깊어지자
해운대 빛 축제는
라스베가스의 밤보다
더 찬란하고 화려하다

빛은 빛을 잡고
빛으로 황홀하다

빛은 밤에 탄생되고
빛은 낮에 사라지는 여우

달빛도 별빛도
어두움 속에 존재하니

어두움의 존재가 귀하다

해운대 빛 축제가 마음에서
영원히 지워지지 않을
추억 속의 사랑 섬이 된다

제6회 해운대 빛 축제
(2019. 11. 6 ~ 2020. 1. 27)

모래밭에 뜬 별

해운대 바닷가
축제장 바닥은
메밀꽃 별들이
반짝 반짝 반짝이고

밤하늘에는 메밀꽃처럼
별들이 찬란히 빛난다

메밀꽃은
그대 기다리는
달뜨는 내 마음

하늘에
빛나는 별은
그대 그리워하는
슬픈 나의 눈물

하얀 성

파란 네온 바다 위에
건설된 하얀 빛의 성

네이비블루 밤하늘이 배경되어
더욱 빛이 나는 흰 네온 성
별들의 성이 빛으로 세워진

그대 내 곁에 있으면
나도 저 성 안에
주인공이 될 수 있을텐데

그대 내 곁에 없어도
있는 셈치고
있는 셈치고

나는 홀로 빛의
하얀 성 안으로
스며들어 간다

그대 내 곁에서

빛으로 빛으로
존재하는 순간이다

성 안에서 흰빛으로
눈부신 그대를 느낀다

제7회 해운대 빛 축제
(2021. 2. 4 ~ 2021. 3. 28)

슬픈 바닷가

빛 축제가 없는
겨울 바닷가는
쓸쓸해 보이는
고독한 그림이다

사람들이 없는 바다는
사람들이 없는 극장 같다

바다는 쓸쓸하다
바다는 저 혼자 외롭다

바다는 코로나19와
오미크론에 확진된
아픈 계절을 앓고 있다

온 것은 떠나기 마련
바다여 조금만 기다려줘
해운대여 조금만 인내해줘

내년에 출산될 축제는 잉태 중이다

점등 불가

오랫동안
정성 들여
준비했었다

약 8억원 들여
설치한 시설물
'빛 축제'가 코로나19로
점등이 불가능했다

11월 28일부터 다음해
2월 14일까지 79일간
오픈 예정이었던
빛 축제 계획이
설치가 마무리된 후
기다리고 기다리다
한 번도 점등을 못했다

설마설마하며 애타게
기다렸던 수많은 사람들
해운대 바다의 한숨도

파도로 슬픔을 토해냈다

올해의 빛 축제는
코로나19가 완전히
짓밟고 지나갔다

화려했던
해운대 빛 축제는
더 찬란한 다음 해를
기획하고 준비해야만 했다

아까운 8억이
해운대 바다의
안개처럼 사라져 버렸다
우리의 꿈도 코로나가 가져갔지만

해운대의 태양은
내일도 모래도
찬란하게 떠오르고 오른다

제8회 해운대 빛 축제
(2021. 11. 27 ~ 2022. 2. 2)

해운대 전설 빛으로 담다

옛 구남로 모래밭에
수백 개의 알을 낳은
수백 년 된 거북이

이후 행운은 파도로
밀려오고 와서
어제 오늘 내일 갈수록
빛으로 자라가는 보물섬
해운대, 해운대의 사랑섬

지난해 빛 시설물들
완성해 놓고
점등하지 못했던 안타까움

올해는 더 정성 들여
건축한 빛의 도시
환상의 도시
해운대, 해운대~~

프랑스 샹젤리제

거리보다
미국 라스베가스
야경보다 더 화려하고
황홀한 아름다움이여
해운대, 빛 축제여

해운대의 전설이
빛으로 담겨
거북의 수명처럼
영원하고, 영원하리라

찬란한 해운대여~
보물섬 해운대여~~
사랑섬 해운대여~~~

빛 축제 야경(2019)

모래 위 파도의 춤

파아란 바다 위로
오색 물결 출렁이는
모래밭의 춤추는
파도, 파도여~~

오색 빛 입어
화려하고
오색 빛 입어
찬란하고
오색 빛 입어
황홀하고
오색 빛 입어
경이롭고

모래밭 바다를
감상하고
모래밭 파도를
감동하고
우울증 힐링된
빛의 춤이여

파도의 춤이여

감사한 해운대
빛의 감사여
고마운 해운대
빛의 축제여~~

다음 해가 기다려지는
아름다운 빛 축제 해운대여~~

해운대 페스티벌

이향영 시집

Haeundae
Festival

순수한 열정과 결곡한 헌사

김정화(문학평론가, 동의과학대 외래교수)

순수한 열정과 결곡한 헌사

– 이향영Lisa Lee의 『해운대 페스티벌』을 위하여 –

김정화

(문학평론가, 동의과학대 외래교수)

글 쓰는 인간존재

'인간이 존재하자마자 필연적으로 떠맡게 되는 존재방식'이 정해져 있다면 이향영 작가는 끊임없이 써야만 하는 사람이다. 라틴어 '글을 쓰다'라는 'scribere'의 결과물이 선이나 줄을 뜻하는 'scriptum'으로써 흔적의 의미를 담고 있듯이, 문자는 한낱 기호와 기의의 표기뿐만 아니라 문학이라는 이름으로 작가와 독자라는 관계망 속에서 의미가 성립된다. 그러므로 인간의 특성을 규정한 기존 존재 방식인 이성적 동물, 사회적 동물, 기호적 동물 등을 넘어, 이향영은 글을 쓰는 인간인 '호모 스크리벤스Homo scribens'라는 칭호를 부여받을 수 있는 군群에 가장 적합한 인물이다.

그렇다면 이향영이 세계를 만나고 체험을 진술하는 방식은 어떠한가. 화자는 복잡한 구성과 중첩된 언어의 짜임과 난해한 철학적 해석력을 기꺼이 거부한다. 마치 연주자가 관객과 만나 즉흥 연주가 일어나듯이 이향영 시인은 독자 앞에서 시詩라는 음악을 즉흥 연주한다. 이것이야말로 보편 독자들이 쉽게 읽을 수 있도록 장치한 그녀만의 문학적 전략 방법이라 할 수 있겠다.

저자인 이향영(미국명. 리사리 Lisa Lee)은 2017년 43년간 미국 이민생활을 마치고 부산 해운대로 귀향한 후 본격적인 기증작가로 활동하고 있다. 그녀는 20대에 미국으로 건너가 세익스피어 문학과 순수미술 등을 전공하였고, 파인아트로 석사과정을 마친 뒤 시집과 소설 등을 상재했으며, 아들의 죽음 이후『하늘로 치미는 파도』(1993)를 출간, 수입금을 'PAUL EUBIN LEE 메모리얼 장학재단'에 기부하면서 기증작가로 살게 된 계기가 되었다. 이후 진혼곡으로 그려낸 자전적 소설『레퀴엠』(2009)이 신동아 논픽션 우수작으로 당선되는 등 왕성한 창작활동을 해왔다. 고국으로 돌아와 이태석 신부 추모시집『환한 빛 사랑해 당신을』, 트로트 가수들을 위한『세븐스타 그대들을 위하여』, 한부모 가정을 위한 헌정 시집『별들이 소풍 와서 꽃으로 피어 있네』, 암 환우들을 위한『암이 내게 준 행복』등을 펴내 기증하였다. 이와 함께 코로나19로 절망하는 소상인들을 위해 '부산 아너소사이어티' 기부 등 각종 사회공동체 기부 등으로 2021년 기부대상을 수상하면서 계속하여 봉사의 삶을 문학으로 극대화시켜내고 있다.

이러한 시인의 순정한 열정이 또 한 권의 시집을 탄생시켰다. '꿈'과 '상상' 그리고 '자유'의 의지로 해운대에 바치는 결곡한 헌사가 바로『해운대 페스티벌』이다.

1. 희망의 출처로서의 '꿈'

많은 인간은 실패의 두려움에 고민하고 좌절하며 공포를 느낀다. 그러나 희망이라는 가능성을 가진다면 인간을 결코 체념에 빠뜨리게 하지 않는다. 희망이란 인간이 미래를 살게 하는 원동력이며, 꿈의 세계를 실현할 수 있는 가장 가치 있는 동력이 된다. 진정한 희망은 공허한 몽상이 아니라 가능성으로서의 희망이다. '희망의 철학자'라고 명명된 에른스트 블로흐마저 인간을 '꿈꾸는 존재'로 정의하였다. 상실이 난무하는 시대에 인간성 회복이라는 명제를 생각한다면 '꿈'이 주는 의미를 거듭 해석할 필요가 있다.

　이향영의 이번 작품집에서 유독 '꿈'이라는 모티프가 많이 등장하는 이유도 희망이라는 맥락과 상통한다고 볼 수 있다. 그러기에 '해운대 모래축제'를 보며 "조각은 꿈을 품어 잠들고/ 사람은 꿈을 꾸며 잠든다(「테마로 즐거운 모래밭」)"라는 은유로써 "하늘 모래밭에 푸른 꿈이 펄럭"임을 느낄 수 있게 된다.

　　모래의 나라는
　　동화의 나라이다

　　꿈의 탑을 쌓고
　　희망의 탑을 쌓고
　　바다의 궁전을 쌓고
　　하늘의 왕궁을 쌓고

　　바다의 스토리를 만들고
　　하늘의 스토리를 만들고

동화의 나라에서 동화의 나라로

꿈속 여행이 신나는 나라이다

모래밭에 만들어지는 나라이다

무너져도 다시 일어나는 나라이다

끝이 없는 무한의 나라이다

- 「꿈의 나라」 전문

이향영이 꾸는 꿈의 세계는 정신분석학자들이 주장하는 무의식의 꿈과는 본질적으로 다르다. 추상적 유토피아는 아름답지만 진정한 이상세계로 나아가지 못한다. 그녀의 시에서는 '한밤의 꿈'처럼 머릿속에서만 세워진 공중누각이 되어서는 곤란하다는 전제가 보존된다. 화자의 깨어 있는 꿈은 '한낮의 꿈'으로써 "무너져도 다시 일어나는 나라, 끝이 없는 무한의 나라"가 된다. 그 꿈은 앞으로 전진하며 보다 나은 세계를 갈망하기에 "바닷물 잉크로 새긴/ 오늘의 벅찬 감동/ 삶의 단단한 뿌리가 되리라//폭풍우에도/ 흔들리지 않을 내일이 되리라(「모래와 행복」)"고 희원하게 되는 것이다.

깨어 있는 꿈은 개혁적이며 자기 자신이나 주변을 이상적으로 만들고 인간의 공동체를 중심으로 한다. 블로흐 역시 "개방된 꿈은 어떠한 일이 있더라도 체념하지 않으려는 태도를 가진다. 그것은 급진적으로 최후를 향해 나아가며, 마침내 갈망을 성취시킬 수 있는 곳에 도달하려 한다."는 것을 전망하였다. 그러기에 화자가 '해운대 모래축제'를 대한민국의 희망으로 간주하며, "창작의 영혼이 숨쉬는/ 꿈이 자라는 예술의 고장(「모래로 만난 히어로」"이라고 당당히 주장하게 된다. 나아가 "바다의 신 포세이돈이 영원히 영원히 지켜 주리라「모래조각의 선물」"는 희망을 품을 수 있게 된다.

모래밭에 누워
하늘을 읽는다
바다를 읽는다

부산을 읽는다
명작을 읽는다
만화를 읽는다

그림을 읽는다
풍광을 읽는다

－「모래밭 독서」일부

오늘날 이기와 향락과 물질의 난무 속에서 위기의 벼랑에 선 자들은 쉽게 희망을 잃었다고 말한다. 그러나 적은 내부에 있으며 희망 또한 각자의 가슴 속에 담겼다는 것을 이향영 작가는「모래밭 독서」로써 언급한다. 희망을 잃은 자는 꿈을 꾸지 못하지만 꿈을 꾸는 자는 희망을 살려낸다. 하늘과 바다와 그림과 풍광을 읽는다는 것이야말로 가능성의 창이 열려 있다는 것을 암시한다. 그러므로「모래밭 아이들」에서는 "신나게 자라는 아이들/ 꿈을 키워간다"는 것을 인지하고 "열린 하늘과 바다가 / 아이들 사랑을 자라게 한다"고 단정지을 수 있게 된다.

현대인들은 다변화되는 사회에서 자신이 선호하고 원하는 것보다는 타인의 욕망을 자신의 욕망으로 혼돈하며 살아가는 경우가 많다. 어쩌면 사회적인 환경이나 주변의 시선이 이를 강요할 수도 있다. 그러나 이향영의 꿈은 타인의 욕망이나 공허한 몽상가로서의 꿈이 아니라 언제나 가능성에 기인한 희망으로서 제시한다. 해운대가 만들어 낸 거대한 이벤트인 '모래 작품전'을 통해 "무지개를 꿈꾸게 하는 행복" "꿈의 요람이 된 해운대 축제/ 꿈을 키워가는 해운대 축제/ 빛 축제가 꿈을 켜 주리라(「뮤직, 모래와 랑데부」)"는 믿음을 갖는 것이다.

내는 이번에
해운대라꼬, 빛 축제에서
꼭 내 별을 만날끼라
꿈을 꾸고 있데이

빛의 거리를 걷고
또 걷고 걷는데
너도 나도 별빛으로 물들어
모두가 스타 같다 안카나

— 「너와 나의 별」 일부

말은 인간과 인간을 이어준다. 해운대라면 백사장에 몰려오는 파도 소리만큼 부산말의 울림도 진동이 크게 인다. 그녀가 걸쭉한 부산 탯말로 한 편의 시어를 길어 올리는 일 또한 당연하다. 인간의 내재적 목표인 꿈은 아직 획득되어지지 못하더라도, 꿈을 꾸고 상상을 하고 내면의 무의식을 그려내는 것이 시인이 추구하는 문학적 지향점이라 여긴다. 나아가 이향영 시인의 존재를 대변해주는 요소이자 삶의 당위성이며 화자의 전망이라 할 수 있겠다.

2. 정신적 언어로서의 '상상'

상상력imagination은 신이 인간에게 내린 최고의 기능이다. 인간은 경험하지 않고도 사물과 현상에 대해 이해하고 판단하는 능력을 지닌다. 인간의 상상에는 한계가 없다. 누구나 상상 속에서는 무엇이든 될 수 있고 어디든 갈 수 있다. 그래서 일본 시인 테라야마 슈지는 '어떤 새도 인간의 상상력보다 높이 날 수 없다.'라고 하였다. 특히 예술가들에게는 현실 세계 주변에 있는 모든 것들이 상상의 소재가 된다. 상상력이 가동됨으로써 실재하는 것들의 너머에 있고 감각적인 눈으로는 볼 수 없는 초월적 이미지를 직조한다. 상상력을 통해 존재하지 않는 세상을 존재하도록 만들고 상상 속의 형상과 이미지들을 재조립하여 작품을 탄생시킨다. 이향영 작가 또한 상상력을 매개체로 하여 상호 소통의 근거를 이루어내고 있다.

모래밭에는 사람이 꽃이다
그대도 꽃이고 나도 꽃이다

모래밭에는 조각이 사람이다
그대도 조각이고 나도 조각이다

우리는 해운대 모래밭의 꽃이다

우리는 해운대 모래밭의 조각이다

우리는 우리가 자랑이다

우리는 우리가 사랑이다

- 「꽃과 조각」 전문

　예술가는 낡고 진부한 것을 스스로의 힘으로 새롭게 하는 사람이다. 그것의 절대적인 원동력은 상상의 힘이다. 상상력은 논리와 이성을 뛰어넘어 다양하고 개성적으로 사물의 본질에 다가갈 수 있게 한다. 상상을 하는 것은 의식의 눈을 뜨는 일이며 새로운 의미를 발견하는 행위이다. 세계를 향해 열린 상상력은 인간의 세상을 변형시키고, 작가가 새로운 세계, 즉 자신의 작품을 창조하는 힘이 된다. 작가라면 당연히 그 힘이 문학 속에서 생성된다. 그리하여 모래밭에 서면 사람이 꽃이 되고 꽃도 사람이 된다는 결론에 도달한다.

　인간에게 있어 상상력의 세계 없이 현실 안에서만 살아간다는 것은 불가능한 일이다. 이처럼 상상력은 현상세계가 감추고 있는 초월적 진리를 드러내는 능력이며, 나아가 인간의 내면세계와 현실 세계를 잘 조화시켜 보다 넓고 열린 무한한 세계로 이끌고 있다. 그리하여 "모래밭 반달이 웃는다/ 너도 반달로 웃는다/ 하나가 된 풀문이 웃는다(「모래밭 반달」)처럼 창의적인 인식을 이룰 뿐만 아니라, "누드조각상과 사랑에 빠지고 싶다/ 모래의 신이 생명을 불어넣을 것이다(「유혹」)"라는 창의적인 주체를 낳기도 한다.

그대 내 곁에 없어도

있는 셈 치고

있는 셈 치고

나는 홀로 빛의

하얀 성 안으로

스며들어 간다

― 「하얀 성」 일부

　작가의 가장 큰 임무 중의 하나는 상상력과 사투를 벌이는 일이다. 화자는 축적된 경험으로 머릿속에서 심상心象을 만들어낸다. 독자 또한 스스로 주인공이 되어 "하얀 성" 속으로 걸어 들어가게 될 것이다. 보이지 않는 것을 표현하고 들리지 않는 것을 그려내는 문학이야말로 작가의 상상력을 통해 실현된 결과물이다. 그럴 때 독자는 끊임없이 시의 의미를 찾아내려 노력한다. 시인이 만들어낸 텍스트라는 공간과는 다른, 시인의 의도와는 무관한 무한한 상상을 펼쳐나간다. 이러한 시적 이미지를 매개로 화자와 청자, 작가와 독자는 끊임없이 의사소통하며 의미를 구성하게 되는 것이다. 아무리 개성적 소재라고 하더라도 작가의 상상력에 의해 재발견되지 않으면 그것은 진부한 글에 불과하다.

　성 안의 주인공이 된

　나를 연출하고 싶다

내가 나를 만나는 날이다
나는 내가 데리고 논다
나는 내가 데리고 산다

내 안에 있는 나를 데리고
성장의 길 깨달음의 길
기쁨의 길 행복의 길을 간다

스스로가 주인공이 되어

– 「주인공」 일부

이향영은 내 삶의 주인공이 '나'임을 정확하게 인지하였기에 "의미 있게 살고 싶다"라는 언술에 도달한다. 실제로 그녀는 폐지 줍는 노인을 만나면 "국밥이나 국숫값을 드린다(「KSJ 폐지 줍는 할머니」)" 또한 '사랑의 열매 사회복지공동모금회'의 기부 실천으로 '아너 소사이어티' 회원이 되었다. 그 소회를 "가슴에 등불하나 켜진 것 같았다(「사랑의 열매 회원이 된 것」)"라는 말로 압축해놓았다. 상상이 구체화 되어 내적 대화에서 타인과의 외적 대화로 발전한 결과이다. 그리하여 자기 이해, 자기 발전, 자기 인식의 지평이 확장되는 것이다.

3. 존재의 방식으로서의 '자유'

우리는 흔히 "나에게 자유를 달라!"라고 외친다. 그러한 '자유Freedom'가 무엇인가? 이런 물음에 사르트르는 "인간은 자유이다."라고 대답하였다. 인간은 이미 자유로운 존재라는 것이다. 심지어 "우리는 자유로운 것을 그만두는 것에 대해서도 자유롭지 않다."고 역설한다. 자유는 성취해야 할 외적 대상이 아닌 인간의 고유한 존재 방식이라는 해석이다. 그럼에도 불구하고 인간에게 자유는 늘 결핍되었다고 느끼기에, 선망의 대상이며 성취되어야 할 가치로 간주한다. 많은 시인이 자유를 모티프로 삼는 이유도 여기에 있다.

> 자유라는 레테르가 좋다
> 나의 레테르는 자유다
>
> 자유의 최적지는 모래밭이다
> 눈으로 하늘을 담는다
> 눈으로 바다를 담는다
> 가슴으로 하늘을 품는다
> 가슴으로 바다를 품는다
>
> 하늘과 바다의 생명수를
> 마음대로 마신다
> 자유가 나를 품어준다
> 내가 자유를 품어준다
> 나의 레테르는 자유다

― 「레테르」 전문

이향영 역시 '자유'를 주체의 자리로 되돌려놓기 위해 부단히

규명하고 있다. "나의 레테르는 자유다"라는 전제로 내면적 성찰을 도모한다. 이는 '나'라는 의식과 '외부'라는 대상이 불가분리한 출현임을 인지하는 것이다. 그것을 증명하고자 화자는 끊임없이 땅(모래밭)과 하늘과 바다를 "나의 레테르"와 연결시켜 인간과 사물이 어떻게 의존적 관계를 맺는가 밝혀내고자 한다.

자유에 대한 개념은 수 세기에 걸쳐 거론되어올 만큼 다의적이고 이중적인 의미를 포함한다. 그러나 어떤 존재가 내부나 외부로부터 구속이나 지배를 받고 있다면 분명 자유는 속박당하고 있음에 틀림없다. 사르트르식이라면 자유란 인간존재의 방식이므로 자각을 통한 행동도 수반되어져야 한다. 온갖 저항과 방해를 극복하고 부단히 자기 초월을 향해 나아가며 그에 따른 선택과 결과에 대해서도 전적으로 책임을 감내해야 하는 것이다. 결국, 자유라고 명명된 '나'는 곧 책임자임을 잊지 말아야 한다.

모래를 만지는 손길들
파도처럼 춤추고
마음도 구름처럼 흘러흘러
평화롭게 펄럭인다

모래밭에는 꿈이 자란다
모래밭에는 자유가 푸르다

너와 내가 꿈이 되고
너와 내가 자유가 되고

우리는 비상하는 꿈의 날개

– 「푸른 자유」 일부

바다는 인간에게 언제나 무한한 동경의 대상이었다. 파도의 율동적인 흐름과 햇볕이 내려앉은 기하학적 무늬와 물결이 요동치는 곡선의 이미지를 보며 인간의 의식은 다양하게 변천된다. 많은 현대인이 권력이나 물질의 소유, 사회의 규범이나 주위 환경이나 계급으로부터 구속되었다고 느낄 때 바다에 가면, 몸을 묶은 속박의 끈이 제거됨을 느낄 것이다. 그것을 이향영은 "푸른 자유"라고 명명하며 "모래밭에는 꿈이 자란다/ 모래밭에는 자유가 푸르다"라고 구체화시켜낸다.

빙점이 된 가슴에
새 봄바람 불어오면
해빙으로 자유할 그날
마스크도 자유를 누릴 그날

길고 긴 기다림은
희망으로 승리할 깃발이 된다
새봄이 해운대 바다 위로 걸어온다

– 「해운대 봄」 일부

전염병으로 세상이 얼어붙었다. 아무리 마스크를 쓰고 격리 생활을 하더라도 영원히 고립될 수 없는 것이 인간 세상이다. 인간은 타자와 마주하면서 세상에 존재한다. 혼자만의 세상이

형성될 수 없으며 내가 없는 세상 또한 무의미하다. 그러니 자유란 내가 처한 세상과 마주하여 주체자로서 떳떳하게 현실에 맞설 때 "희망으로 승리할 깃발이" 될 수 있는 것이다. 화자는 「해운대 봄」을 통해 "코로나도 비켜 가는 바다"를 맞고 싶은 자유의지를 담아내었다. "마스크도 자유를 누릴 그날"까지 진정 우리가 해야 할 것이 무엇인지 다시금 숙고하게 만들고 있다. 아울러 타고르의 「기도」 시가 보여준 "두려움 속에서 구원을 갈망하기보다는/ 스스로 자유를 찾을 인내심을 달라고 기도하게 하소서"라는 의미를 되새겨볼 때다.

나오며

이향영 시인은 책머리에서 "명예가 없고 저에게는/ 부요가 없고 저에게는"이라는 「시인의 말」로 독자와의 소통을 시작한다. 다시 말해 기증작가로 활동하고 있는 작가 의식을 한마디로 집약한 문장이라고 할 수 있겠다. 『해운대 페스티벌』은 표제에서 알 수 있듯이, 국제적인 관광도시인 부산 해운대에서 2005년부터 열린 세계 유일의 '모래축제'를 소재로 쓴 해운대에 바치는 헌정 시집이다. 그녀가 오직 "해운대에 사는 것이 유일한 자랑이다.(「자랑 하나」)"라고 할 만큼 애정을 가진 축제의 기록이자 역사서라고 할 수 있다.

그런 뜻에서 인간의 삶에서 쓰기도 하나의 놀이로써 경험을 축적한다. 문학은 쓰는 자의 의도만이 아니라 읽는 이가 이를 어떻게 새롭게 생성해가는가가 더 중요하다. 특히 이번 작품집에서는 작가의 눈높이를 낮추어 독자와 소통하려는 의지를 짐작할 수 있다. 다시 말해 문학의 완성은 독자에 의해 결정되므로『해운대 페스티벌』역시 독자에 의해 재해석되길 바라며, 이향영의 '해운대 헌사'는 앞으로도 계속되리라 기대한다.